I. DIGAS   Geliebte Feuerküsse

I. DIGAS ist das Pseudonym eines deutschen Autoren, der seit seinem 18. Lebensjahr das Spanking liebt und es auslebt.

I. DIGAS

Geliebte Feuerküsse

Spankinggeschichten

Herstellung und Verlag: BoD – Books on Demand, Norderstedt

Printed in Germany

ISBN 978-3-7562-1029-9

Titelfoto: I. DIGAS

Inhaltsverzeichnis

Vorwort 7

Kultur im Wohnzimmer 9

Die alte Nachbarin 32

Peinliche Silvesterfeier 53

Der etwas andere Dreikampf 79

Andrea und der Ledergürtel 136

Vorwort

In diesem Band sind Kurzgeschichten aus der Welt des Spanking vereinigt, bei denen unterschiedliche Konstellationen hinsichtlich der Rollen der Geschlechter bestehen. Die Texte erleben mit diesem Band erstmals eine Veröffentlichung in Buchform.

Natürlich sind alle in den vorliegenden Geschichten konzipierten Personen über achtzehn Jahre alt und ebenso selbstverständlich beruhen alle Aktivitäten auf gegenseitigem Einvernehmen. Dieser Konsens wird von Außenstehenden zwar oftmals übersehen, er ist aber dennoch vorhanden. Mit diesem ausdrücklichen Hinweis soll das verdeutlicht werden.

Aber nun genug der Vorrede. Ich wünsche allen Leserinnen und Lesern viel Vergnügen bei der Lektüre der Geschichten!

Mit besten Grüßen
Ihr/euer
I. DIGAS

Kultur im Wohnzimmer

Seit einigen Jahren schreibe ich nun schon. Die Bandbreite meiner Texte ist weit gefasst, und inzwischen hat sich eine größere Sammlung an Kurzgeschichten, Essays und anderen literarischen Formen ergeben. Nur zu gerne würde ich zumindest einige davon in einem Buch veröffentlichen, aber der Buchmarkt ist heiß umkämpft und ohne Beziehungen hat man keine Chance, von einem Verlag in dessen Programm aufgenommen zu werden. Schon gar nicht mit einem Buch voller Spankinggeschichten. Also versuche ich, die Texte dieses Genres anderweitig zu veröffentlichen. Natürlich hab eich auch schon an die Herausgabe bei einem Druckkostenzuschussverlag gedacht, aber die verlangen dafür kleine bis mittlere Vermögen, die ich nicht aufbringen kann. Irgendwann hatte ich mich damit abgefunden, meine Geschichten nicht in Buchform verewigt zu sehen.

Natürlich bin ich auch im Internet auf Spankingseiten unterwegs, wo ich mit vielen Leuten ins Gespräch komme. Wie der Zufall so spielt, sprach ich in einem dieser Foren mit jemandem über die Schwierigkeit, ein Buch mit Spankinggeschichten zu veröffentlichen. Mein Gesprächspartner Thomas hatte ebenfalls die Idee einer Buchherausgabe gehabt und war auf die gleichen Schwierigkeiten wie ich gestoßen.

„Ich habe einen anderen Weg eingeschlagen, um Texte zu präsentieren und dafür sogar Geld zu bekommen. Alles in allem wird man damit nicht reich, aber man bekommt einen Teil seiner Kosten wieder herein."

Das erschien mir unglaublich, aber mein Interesse war geweckt. So war es nur logisch konsequent, dass ich nachfragte: „Wie soll das denn gehen?"

„Ganz einfach: Kultur im Wohnzimmer", kam es lapidar zurück, „vor einem zahlenden Publikum tragen Künstler etwas vor und werden vor, während oder nach der Vorstellung bestraft. Auf diese Weise hat das Publikum einen Kunstgenuss und seinen Spaß, während sich die Künstler präsentieren und ein paar Euro verdienen können. Wie wär's, hast du Lust, es mal zu versuchen?"

Das klang alles sehr interessant, aber eben auch unglaublich. Deshalb besprachen wir an diesem Tag sowie an den Folgetagen alles per Internet und Telefon bis ins kleinste Detail. Am Ende siegte meine Neugier und ich sagte eine Nacktlesung zu. Thomas versprach, zusätzlich eine Klavierspielerin hinzu zu bitten, sodass wir unsere Darbietungen abwechselnd vortragen konnten. Da er etwas Vorlaufzeit benötigte, einigten wir uns auf einen Termin in acht Wochen.

***

Schließlich war der Tag der Wahrheit gekommen. Ich reiste zu Thomas Wohnort und nahm dort ein Hotelzimmer. Am Nachmittag trafen Thomas und Theresa, die Klavierspielerin, und ich erstmals zusammen. Wir besichtigten die Räume und besprachen alles Nötige, wobei Theresa nur aus Höflichkeit mitging.

„Ich bin hier schon mehrmals aufgetreten", meinte sie entschuldigend.

„Für mich ist es das erste Mal", entgegnete ich.

„Mach dir keine Sorgen, Thomas ist der perfekte Organisator und die Leute sind immer sehr nett – auch wenn sie einem im laufe des Abends gründlich den Hintern versohlen." Ein breites Grinsen huschte über ihr Gesicht.

Nachdem ich mir alles angeschaut und den Ablauf verinnerlicht hatte, kehrte ich in mein Hotel zurück, um mich etwas auszuruhen und auf die Lesung zu konzentrieren.

Als der Abend näher rückte, kleidete ich mich an und war verabredungsgemäß eine Stunden vor Veranstaltungsbeginn bei Thomas. Theresa war auch schon da, und jeder ging für sich in Gedanken den Auftritt durch.

Schließlich trafen die Gäste ein. Es handelte sich um zwei Ehepaare, die sich neben Klaviermusik und Literatur auch für Spanking interessierten und die Gelegenheit gerne nutzten, all diese Leidenschaften zusammen an einem Abend zu genießen.

Pünktlich um 19 Uhr hatten es sich die vier Gäste in dem riesigen Wohnzimmer in weichen Sesseln bequem gemacht. Theresa und ich hielten uns im Gästezimmer auf, das für uns als Umkleideraum fungierte.

Thomas betrat das Wohnzimmer und wir konnten hören, wie er die Gäste auf das Herzlichste begrüßte und ihnen einen

wunderschönen Abend mit verschiedenen Genüssen wünsch-
te.

Theresa und ich lauschten seinen Worten, und an der Stelle
mit den Genüssen flüsterte sie mir grinsend zu: „Meint er damit Musik und Literatur oder Rohrstock und Paddle?"

Bevor ich antworte konnte, ertönte Thomas' Stimme: „Und nun
bitte ich um Applaus für den ersten kulturellen Akt des
Abends: Begrüßen sie Theresa, die uns mit dem Klavier er-
freuen wird!"

Unter dem Applaus von vier Händepaaren rauschte Theresa
mit weißer Bluse und kurzem schwarzen Rock, aber dafür
umso höheren Stöckelschuhen ins Wohnzimmer und machte
einen tiefen Knicks vor dem Publikum. Dann schritt sie zum
Klavier, nahm auf dem Schemel Platz und kurz danach
schwebten die Töne einer Sonate durch den Raum. Sie spielte
voller Hingabe, beherrschte Klaviatur und Partitur und fand bei
aller Konzentration immer wieder Zeit, dem Publikum Blicke
zuzuwerfen, die sie immer wieder mit einem liebevollen Lächeln würzte.

Als das Stück endete, brach begeisterter Beifall los. Theresa
erhob sich, machte wieder einen tiefen Knicks – und zog sich
dann wie selbstverständlich die Bluse aus. Dann setzte sie
sich wieder ans Klavier und spielte zwei weitere Stücke.

Als der letzte Ton verhalt war und Theresa unter dem Beifall
der vier Gäste wieder und wieder tief knickste und dabei gute
Blicke auf die Ansätze ihrer Brüste erlaubte, trat Thomas neben sie.

„Liebe Gäste, das war der erste Kulturteil des Abends. Nun wollen wir zur ersten Bewertung schreiten, und dafür hat sich Lukas beworben. Also dann, Lukas, schreite zur Tat!"

Der Angesprochene ließ sich das nicht zweimal sagen. Er ging zu einem Nebentisch und nahm dort ein Paddle in die Hand. Damit bewaffnet schritt er auf die lächelnde Theresa zu und dirigierte sie zum Klavier, vor dem sie sich bereitwillig bückte und an den Rändern abstützte. Lukas schob ihr kurzes Röckchen nach oben und machte für alle einen spitzenbesetzten weißen Slip sichtbar. Dann nahm er seitwärts Aufstellung. Die übrigen Zuschauer hatten sich inzwischen von ihren Plätzen erhoben und waren näher getreten, um jedes Detail genau erkennen zu können.

Noch während der Slip als sehr geschmackvoll gelobt wurde, schwang Lukas das Paddle und ließ es kraftvoll auf genau diesen Slip knallen. Theresa zuckte kurz zusammen, hatte sich aber sofort wieder im Griff. Ihr Lächeln hatte keine Sekunde nachgelassen.

Dann sauste das Paddle erneut herab, aber diesmal landete es mit vollem Umfang auf der linken Pobacke. Der dritte Hieb traf dafür die rechte Pobacke, während der vierte Hieb wieder quer über das gesamte Gesäß gerichtet war.

Theresa ließ sich erstaunlicherweise immer noch nicht viel anmerken, aber mit zunehmender Schlagzahl änderte sich das. Vor allem, als Lukas nach dem zwölften Hieb den Rhythmus änderte und nun im Wechsel zweimal hintereinander auf die gleiche Hinterbacke schlug. Jetzt ließ Theresa ein leises Stöhnen hören, dessen Lautstärke mit zunehmender Schlagzahl anstieg. Aber auch die Röte ihres Gesäßes hatte immer mehr zugenommen und schimmerte unter dem hauchdünnen Stoff deutlich hervor.

Als wieder ein Hieb auf Theresas Hintern gelandet war, ertönte die Stimme von Thomas: „Das war der sechsundzwanzigste Hieb, den Theresa empfangen hat. Damit ist der erste Show-Act des heutigen Abends vorüber." Er wandte sich an Lukas und dankte ihm für die hervorragende Leistung mit dem Paddle. Dann wandte er sich an Theresa: „Nun, meine Liebe, wie hat dir der Povoll gefallen?"

Verschmitzt lächelnd antwortete sie: „Sehr gut, vor allem freue ich mich auf die Fortsetzung."

Natürlich wurde diese Antwort mit Applaus und Bravorufen kommentiert.

Thomas entließ Theresa in die Garderobe und wartete, bis der Applaus abebbte. Dann kündigte er einen literarischen Vortrag an. Das war mein Stichwort, und in der vereinbarten Kleidung, also T-Shirt und Turnhose, betrat ich das Wohnzimmer. Die Bekleidung löste bei den beiden Damen ein Lächeln aus. In der Hand hatte ich den Text einer Kurzgeschichte, die ich mit entsprechender Betonung vorlas. Dabei dankte ich im Geiste meinem alten Deutschlehrer, der uns unermüdlich zum betonten Vortragen angehalten hatte.

Das Publikum lauschte meiner Geschichte andächtig, und als ich geendet hatte, bekam ich höflichen Applaus.

Wieder trat Thomas vor und ergriff das Wort. Nach einem kurzen Dank in meine Richtung wurde Heike nach vorne gebeten. Sie hatte das Recht erworben, mich für meine Leistung zu ‚belohnen'.

Auch sie wählte das Paddle, das zuvor bereits Theresa gekostet hatte.

„Ich bin gespannt", meinte Heike verschmitzt zu mir, „ob du auch so schön stillhalten wirst wie die Kleine eben."

Als alle anderen lachten, schwante mir Böses.

Bevor ich aber versohlt wurde, musste ich T-Shirt und Turnhose ablegen. Nun trug ich nur noch einen knappen schwarzen Netzslip, bei dem alle meine Süßigkeiten durchschimmerten.

Heike dirigierte mich zu einem Tisch in der anderen Ecke des Wohnzimmers, und nachdem sich alle um uns herum aufgestellt hatten, kostete ich den ersten Hieb. Wie schon Lukas zog ihn auch Heike quer über meinen Po. Die Wucht des Schlages war so heftig, dass es mir die Luft aus den Lungen trieb. Noch während ich nach Luft schnappte, fühlte ich den Aufprall des Paddle auf meiner linken Pobacke. Gleich danach machte die rechte Backe Bekanntschaft mit dem Schlaginstrument.

Während Lukas bei Theresa anfangs noch Hiebe quer über die gesamte Kehrseite gezogen hatte, verfolgte Heike eine andere Taktik. Sie ließ zwei, manchmal auch drei Hiebe hintereinander auf einer Pobacke landen, bevor das Paddle zwei- bis dreimal mit der anderen Seite kollidierte.

Die Kraft der Hiebe war an sich schon unglaublich, aber durch die seltenen Wechsel der Poseite wurde der Schmerz noch um ein Vielfaches verstärkt. Es verwunderte also nicht, dass ich schon nach dem elften Hieb leise aufschrie und sich das nach jedem weiteren Hieb unter dem Gelächter der Zuschauer weiter steigerte.

Schließlich hörten die Hiebe auf.

„Applaus für Heike!", hörte ich undeutlich Thomas' Stimme. „mit fünfunddreißig Hieben hat sie den Vortrag unseres Literaten belohnt!"

Beifall und Hoch-Rufe kamen auf.

„Aber auch Beifall für den Versohlten!"

Langsam erhob ich mich aus der Strafstellung und blickte mich um. Ich sah in freundlich lächelnde Gesichter, und hörte das Klatschen ihrer Hände, das mich begleitete, als ich etwas steifbeinig den Raum verließ.

Beim Betreten der Garderobe drückte sich Theresa an mir vorbei, die zu ihrem zweiten Auftritt musste. Im Vorbeigehen hauchte sie mir einen Kuss auf die Wange, was mir trotz der brennenden Kehrseite ein verzücktes Lächeln entlockte.

Während ich aus dem Nebenraum das Klavierspiel hörte, trat ich vor den großen Wandspiegel und zog den Slip herunter. Mit einigen Verrenkungen konnte ich den feuerroten Hintern sehen und wusste, dass das blaue Flecken geben würde. Aber diese Wucht war ja erst der Anfang gewesen, denn noch standen mir zwei Auftritte bevor.

Schließlich ertönte der letzte Ton von Theresas zweitem Auftritt. Ich hörte, wie Thomas nach Tim rief, an dem nun die Reihe des ‚Belohnens' war. Ich zog rasch meinen Slip hoch und lugte um die Ecke.

Thomas hatte gerade einen Strafbock aus dem hinteren Winkel des Raumes in die Zimmermitte geschoben. Theresa stand erwartungsvoll schauend davor. Dann sah ich Tim, der mit einem Rohrstock in der Hand zu Theresa trat. Mit der Stockspitze fuhr er zunächst ihren entblößten Brüste entlang, bevor er ihren kurzen Faltenrock anhob.

„Ausziehen!", kommandierte er mit vor Aufregung rauer Stimme.

Sofort entledigte sich Theresa ihres Rockes, gleich darauf folgte ihr Slip.

Mit dem Stock klopfte Tim auf den Bock. Sofort legte sich Theresa darüber.

„Soll ich dich festbinden?", fragte er sanft.

Theresa warf ihm einen ungläubigen Blick zu. als sie merkte, dass er auf eine Antwort wartete, sagte sie beinahe empört: „Natürlich nicht!"

Nun ergriff Thomas das Wort: „Liebes Publikum, nun wird unser Freund der hochverehrten Theresa zwanzig saftige Hiebe mit dem Rohrstock als Belohnung für ihre zweite Darbietung aufzählen." An Tim und Theresa gewandt fügte er hinzu: „Also dann, lasst es klatschen!"

Das ließ sich Tim nicht zweimal sagen. Noch während Thomas zur Seite trat, sauste der Stock pfeifend durch die Luft und traf mit seinem markanten Klatschen den noch vom Paddle geröteten Hintern Theresas. Nur ein leichtes Zucken verriet, dass ihr der Hieb weh getan hatte.

Schon sauste der Stock erneut nieder, gleich darauf ein drittes Mal. Nun zeigten die Hiebe bei Theresa Wirkung, denn sie bog ihren Oberkörper heftig nach oben, um ihn gleich darauf wieder auf den Strafbock fallen zu lassen und mit den Beinen zu wackeln.

Tim nahm sich Zeit. Erst als die Klavierspielerin wieder ruhig über dem Bock lag, schlug er wieder zu. Offensichtlich hatte ihr die kleine Pause aber gut getan, denn ihre Reaktion fiel wieder sehr verhalten aus. Tim bemerkte das und ließ den Stock nun zweimal kurz hintereinander auf dem Hinterteil der jungen Frau landen.

„Aua!", heulte sie, was ihre bisher deutlichste Reaktion war. Davon angespornt ließ er den Rohrstock nun gleich dreimal kurz hintereinander Striemen stanzen, was den Körper und insbesondere den Hintern der Frau in heftige Bewegungen stürzte. Ihr nacktes Gesäß, gezeichnet vom Paddle und den bereits empfangenen Stockschlägen, wackelte besonders heftig hin und her. Es schien, als ob er sich gar nicht mehr beruhigen wollte.

Aber natürlich kam er irgendwann wieder zur Ruhe. Allerdings atmete Theresa jetzt deutlich schwerer, ihr Keuchen war sogar bis zu mir zu hören. Sie war jetzt etwas mitgenommen, dabei hatte sie erst neun der zwanzig Hiebe bekommen.

Als der zehnte Hieb auf ihrem Hintern niederknallte, schrie sie wieder auf. Von nun an wurde jeder Hieb von einem lauten „Aua, au!" begleitet, bis schließlich alle zwanzig Hiebe aufgezählt waren.

Thomas wollte wieder das Wort ergreifen, aber die Belobigung von Tim für sein Werk und der Jubel über Theresas Tapferkeit waren spontan ausgebrochen und hielten ihn davon ab. Er freute sich, als Theresa lächelnd, aber mit sehr wackeligen Beinen in Richtung Garderobe wankte.

Es dauerte einen Moment, bis sich alle Zuschauer wieder beruhigt hatten und auf ihre Plätze zurückgekehrt waren.

Ich nutzte den Moment, um Theresa für ihr Durchhaltevermögen zu gratulieren und Zweifel an meiner eigenen Standfestigkeit zu äußern.

„Ach", erwiderte sie noch schwer atmend, „das schaffst du schon! Lass dich aber festbinden, die sind heute sehr gut in Form!"

Bevor wir das weiter vertiefen konnten, hört eich die stimme von Thomas im Nebenraum, der gerade meinen zweiten Vortrag ankündigte. Rasch ergriff ich mein zweites Manuskript und eilte mit flauem Gefühl im Magen hinüber. Nur mit meinem Netzslip bekleidet, las ich die Geschichte vor. Wieder gab es höflichen Applaus, dann wurde Elke aufgerufen.

Eine schwarzhaarige Frau erhob sich von ihrem Stuhl, packte mich am Arm und zog mich zum Strafbock.

„Runter mit dem Slip!", herrschte sie mich an.

Sofort entledigte ich mich des Kleidungsstückes.

„Und jetzt ab über den Bock, jetzt kriegst du nämlich richtig Senge! Dreißig Hiebe für die tolle Geschichte!"

Mir wurde noch flauer, trotzdem schaffte ich es, um meine Fesselung zu bitten. Dafür erntete ich Gelächter, aber gleich darauf waren meine Hände und Füße an den Beinen des Strafbocks festgebunden.

Kaum war ich fixiert, ging es auch schon los: Elke trat neben mich und ließ den Stock mehrmals prüfend durch die Luft sausen. Bei jedem Pfeifen zuckte ich unwillkürlich zusammen, erwartete jeden Moment den brennenden Schmerz zu spüren. Doch stattdessen erntete mein ängstliches Zucken schallendes Gelächter. Also riss ich mich zusammen und zwang mich, trotz des beunruhigenden Geräusches ruhig zu bleiben.

Ein Fehler, wie ich gleich darauf zu spüren bekam! In dem Moment nämlich, in dem ich relativ entspannt in Erwartung von einigen weiteren Luftnummern dalag, traf der Rohrstock hart auf mein Gesäß. Obwohl ich damit ja rechnen musste, waren meine Sinne in diesem Moment nicht vorbereitet, und genau darauf hatte Elke gewartet. Als mich der Hieb traf, konnte ich nicht anders, ich musste einfach aufschreien!

Mein lautes „Auuuua!" löste wieder große Heiterkeit aus. Ich wollte mich deshalb so schnell wie möglich wieder in den Griff bekommen, aber das erwies sich als schwierig, weil mir Elke einen sehr scharfen Hieb mit einem dünnen Rohrstock verabreicht hatte. Trotzdem hatte ich mich bald wieder im Griff.

Allerdings nicht für lange, denn schon hörte ich wieder das Pfeifen des Rohrstocks.

Huuiitt – Klatsch!

„Auuuuuuuua, ooooh!", stöhnte ich.

Wieder ließ mir Elke die Zeit, die ich zum Beruhigen brauchte.

Mir kamen nach diesen beiden Hieben große Zweifel, ob ich wirklich dreißig Schläge von dieser Qualität durchstehen würde.

Meine Peinigerin schien zu ahnen worüber ich mir gerade Gedanken machte. Also beeilte sie sich, mich ‚abzulenken' – und womit geht das besser als mit einem neuerlichen Hieb!?!

Huuiitt – Klatsch!

Jetzt schrie ich nicht nur, sondern bäumte mich auch wild auf. Oh ja, diese Frau war sehr gut in Form, sie wusste, wie sie mich zum Jodeln bringen konnte.

Kaum hatte ich mich wieder beruhigt, folgte der nächste Hieb, dem unweigerlich mein immer lauter werdendes Geschrei folgte. Die nächsten Minuten vergingen mit der immer gleichen Abfolge von Hieb und Jaulen.

Irgendwann wurde Elke dieser Rhythmus offensichtlich zu langweilig. Deshalb brachte sie nun etwas Abwechslung in die Sache, indem sie den Rohrstock zweimal kurz hintereinander auf meinen Hintern knallen ließ.

Huuiitt – Klatsch! Huuiitt – Klatsch!

Das hatte gesessen! Zunächst verschlug es mir den Atem, aber dann entlud sich der nun gewaltige Schmerz in wildem Geschrei und heftigem Strampeln. Sogar Tränen rollten über meine Wange, was natürlich nicht unbemerkt blieb!

„Er heult! Schaut nur, der Kleine heult! Wie süß!"

Leider konnte ich Elke nur zu gut verstehen, die unheilvoll ankündigte: „Das nennt ihr Heulen? Wartet mal kurz, dann zeige ich euch, was Heulen heißt! Rotz und Wasser wird der Kerl vergießen!"

Bevor ich etwas zur Abwehr des drohenden Unheils sage konnte, trat sie bereits in Aktion:

Huuiitt – Klatsch! Huuiitt – Klatsch! Huuiitt – Klatsch!

Dreimal hintereinander traf mich der Stock, und sofort schoss mir das Wasser nur so aus den Augen. Am liebsten hätte ich um Gnade gewinselt, aber ich war so mit Schreien und dem Aufführen eines wilden Popotanzes beschäftigt, dass ich den Zeitpunkt dafür verpasste. Als ich mich etwas beruhigt hatte und um Gnade hätte bitten können, ließ mir Elke keine Zeit dafür. Stattdessen zog sie mir erneut dreimal kräftig den Rohrstock über den Hintern, aber diesmal diagonal, sodass die neuen Striemen gleich mehrere Schnittpunkte mit andern Striemen hatten. Die Folge war ein beinahe unnatürliches Schreien meinerseits, denn diese Hiebe lösten Schmerz- und Hitzewellen ungeahnten Ausmaßes aus. Sie stellten alles, was ich bisher hintendrauf bekommen hatte, in den Schatten, denn so hart wie Elke hatte noch nie jemand zugeschlagen.

Endlich hatte ich mich wieder beruhigt und lag schweißnass über dem Strafbock. Mein Hinterteil und die Beine zuckten noch immer etwas, teils vor Schmerzen, teils vor Nervosität.

Dann traf mich nur ein Hieb. Ich wollte schon aufatmen, als ich den unglaublichen Schmerz spürte – die Hexe hatte mich diesmal genau am Übergang zwischen Pobacke und Schenkel getroffen. Dieser Schmerz war unglaublich, aber sie hatte noch eine Steigerung für mich im Repertoire. Die nächsten drei Hiebe bekam ich auf meine Schenkel!

Jetzt war ich völlig fertig, ich schrie, jammerte, heulte, schluchzte, bettelte um Gnade, wackelte mit dem Hintern und den Beinen, soweit es die Fesselung zuließ. Elke trat in mein Gesichtsfeld und beugte sich zu mir herunter: „Sei tapfer, gleich hast du es überstanden. Ich werde jetzt auch ganz nett zu dir sein."

Nun ja, ihre ‚Nettigkeit' bestand darin, dass ich die restlichen Hiebe einzeln auf den Po bekam. Auch schien sie nicht mehr ganz so hart zuzuschlagen, aber vielleicht war mein Körper von den bereits erlittenen Schmerzen so betäubt, dass er die Wirkung der neuen Hiebe nicht mehr voll und ganz registrieren konnte.

Irgendwann hörten die Hiebe auf. Ich schrie, zuckte und wackelte noch einige Zeit auf dem Strafbock herum, bevor ich losgebunden wurde. Lukas und Tim stützten mich beim Aufstehen, denn meine Beine drohten sofort wegzuknicken. Du meine Güte, hatte mich diese Frau fertiggemacht!

Angesichts meines desolaten Zustandes durfte ich mich in einer Ecke des Wohnzimmers niederlassen. Trotz eines dicken Kissens unter meinem Hinterteil bereitete mir das Sitzen sehr viel Unbehagen, aber Stehen hätte ich noch viel weniger gekonnt.

Nachdem ich endlich versorgt war, trat Thomas wieder in die Raummitte. Er lobte Elke für ihre exzellente Handschrift und mich für das Durchhalten. Dann leitete er auch schon zum nächsten Tagesordnungspunkt über. Erneut betrat Theresa den Raum. Nach einem mitleidigen Blick in meine Richtung begab sie sich splitternackt zum Klavier. Bevor sie auf dem Schemel Platz nahm, beugte sie sich über das Instrument und ließ sich von Thomas zwölf scharfe Stockhiebe aufzählen.

„Eine kleine Auffrischung", scherzte er, „immerhin hat Theresa lange auf diesen letzten Auftritt für heute warten müssen."

Aber mit den Stockschlägen waren die Vorbereitungen noch nicht abgeschlossen! Vielmehr zauberte Thomas einen großen Vibrator hervor und führte das Teil vor aller Augen tief in Theresas Möse ein. Dann schaltete er es ein.

Es dauerte nicht lange, und der Körper der jungen Frau zeigte Reaktionen. Das Gerät schien sie rasch in Richtung Orgasmus zu bringen, und Thomas führte sie rasch zum Schemel. Theresa nahm Platz und während ihr Gesäß von den Stockschlägen brannte und der Vibrator ihre Möse zum Höhepunkt orgelte, spielte sie eine weitere Klaviersonate. Zumindest versuchte sie das, denn immer wieder übertönte ein Lustschrei das Klavierspiel und zeigte einen Orgasmus an. Ihre Finger huschten zwar über die Tastatur, trafen aber mit zunehmend immer seltener die richtigen Töne. Schließlich stieß sie einen spitzen Schrei aus und sackte mit lustvollen Zuckungen über dem Klavier zusammen.

Sofort war Thomas zur Stelle und zog Theresa hoch, während Lukas den über und über mit Geilschleim verzierten Vibrator aus ihrer Möse zog. Es dauerte noch einen Moment, bis er das wild zuckende Teil abgeschaltet hatte.

Vorsichtig geleiteten die beiden Männer Theresa zu einem Sofa im Hintergrund und betteten sie darauf. Es dauerte wieder einen Moment, bis sich die Zuhörer beruhigt und wieder auf ihre Plätze gesetzt hatten. Thomas nutzte die kurze Unterbrechung, um mich zu fragen: „Wie sieht es aus, kannst Du deinen letzten Part bringen das Finale durchstehen? Sei ehrlich, wenn es nicht geht, dann ist das eben so, niemand wird dir das übel nehmen!"

Ich schluckte, erwiderte dann aber: „Den letzten Text werde ich sicher vorlesen können, aber noch mal so eine Wucht werde ich nicht durchhalten."

„Okay, kein Problem, dann werden wir etwas improvisieren. Aber ich finde es super, dass du trotzdem noch die dritte Lesung halten willst!"

Leise stöhnend erhob ich mich von meinem gepolsterten Sitz und stakste zum Rednerpult. Ich sah vor mir vier freundlich dreinblickende Menschen, die mir wohlwollende Blicke zuwarfen und anerkennend nickten. Das gab mir die Kraft, den letzten Text zu lesen. Zum Glück hatte ihn Thomas in Windeseile aus der Garderobe geholt, denn den Weg dorthin hätte ich wohl nicht geschafft.

Die Verlesung des dritten Textes lief nicht mehr ganz so flüssig wie zuvor. Das Brennen meines Hinterteiles hatte nur unwesentlich nachgelassen und lenkte mich ziemlich stark ab. Dennoch brachte ich mit viel Stammeln und Unterbrechungen die Lesung zum Ende, aber sie und die vielen Versprecher schmälerten nicht den Beifall, mit dem ich nun bedacht wurde.

Dann betrat Thomas zum letzten Mal an diesem Abend die Bühne. Er kündigte das Finale an, für das ein zweiter Strafbock in den Raum geschoben wurde. Nun wurden Theresa und ich übergelegt und jeder sollte von zwei Personen gleichzeitig versohlt werden.

„Da unser Schriftsteller nicht mehr ganz so gut beisammen ist", erklärte Thomas, „wird er von Heike und Elke nur noch das Paddle übergezogen bekommen. Seid dabei etwas gnädig, Ladies! Theresa hingegen wird von Lukas und Tim wie gewohnt den Rohrstock zu spüren bekommen. Also dann: Sind alle bereit?"

Die vier Gäste hatten bereits Aufstellung genommen und bejahten die Frage lauthals. Theresa war ebenfalls deutlich zu vernehmen, während von mir eher ein leises Kieksen kam.

Heike übernahm für mich: „Er ist auch bereit und freut sich auf das Paddle!"

Der letzte Teil ihres Satzes entsprach zwar nicht ganz meinen Gefühlen, aber ich war zu schwach für einen Widerspruch.

Schon gab Thomas das Zeichen: „Das große Versohlen mit insgesamt fünfzig Hieben als Ende des offiziellen Teils unseres Kulturabends beginnt – jetzt!"

Sein letztes Wort war noch nicht ganz verhallt, als mich auch schon der erste Schlag traf. Er war nicht besonders kräftig geführt, aber angesichts der bestehenden ‚Grundlage' war er schmerzhaft genug für ein gejammertes „Aua, au!"

Heike und Elke waren offensichtlich ein eingespieltes Team, denn ihre Hiebe kamen gleichmäßig und immer im Wechsel, es war beinahe eine ununterbrochene Abfolge von Aufprallen auf meinen Hintern. Am Nebenbock schien es ebenso routiniert zuzugehen, nur vermengte sich dort das Pfeifen des einen Rohrstocks mit dem Klatschen des anderen. Längst schon schrie und heulte auch Theresa, die durch die erlebten Orgasmen zusätzlich geschwächt war. Dennoch war es bewundernswert, wie sie sich hielt. Tatsächlich überstand sie die letzten fünfzig Hiebe des Abends und konnte unter einem großen Tränenfluss sogar noch lächeln!

Diese Gabe war mir verwehrt, denn nachdem ich endlich den letzten Hieb kassiert hatte, schrie und heulte ich auch, aber zum Lächeln reichte es nicht mehr. Dabei war das Gefühl der unendlichen Erleichterung so groß, dass ich allen Grund gehabt hätte, meine Freude zu zeigen. Aber so dauerte es ein paar Minuten, bevor sich der Ansatz eines zufriedenen Lächelns in mein Gesicht schlich und sich meine Gesichtszüge deutlich aufhellten.

Nun gab es für alle ein wunderbares Essen, das Thomas vor Veranstaltungsbeginn in der Küche in Form eines Buffets hatte anliefern lassen. Da Theresa und ich das Essen lieber im Stehen zu uns nahmen und zudem splitternackt waren, wurden die Spuren unserer ‚Belohnungen' immer wieder betrachtet, befühlt und bewundert.

Nach dem stärkenden Essen begann der gemütliche Teil. Während Theresa von Lukas und Tim belegt wurde, nahmen mich Heike und Elke in Beschlag. Nun gab es statt Schlägen viele Zärtlichkeiten und es wurden zwei wilde Dreier aufgeführt. Während ich Elkes Möse lecken durfte, kümmerte sich deren Zunge um Heike. Als sie ihren ersten Höhepunkt hatten, wechselten sie die Positionen. Später wurde ich auf dem Rücken liegend von Elke geritten, während ich Heikes Poloch lecken durfte. Obwohl von beiden Frauen die Mösen bedient wurden, konnten sie nicht anders und küssten sich leidenschaftlich, wobei sie ihre Zungen tüchtig einsetzten. Nebenbei streichelten sie noch ihre Brüste, und so verwunderte es nicht, dass ihr zweiter Orgasmus viel heftiger als der erste war. Auch ich kam, obwohl mir der Ritt wegen der arg verstriemten Kehrseite anfangs wenig Vergnügen bereitet hatte.

In der nun einsetzenden kurzen Pause warf ich einen Blick auf den anderen Dreier und sah, wie Theresa gerade voller Hingabe an Tims Schwanz lutschte, während sie von Lukas kräftig durchgefickt wurde.

Lange konnte ich dem Spiel aber nicht zuschauen, denn schon beanspruchten meine beiden Damen wieder meine gesamte Aufmerksamkeit. Diesmal durfte ich Heike heiß und innig küssen, während Elke das Poloch ihre Freundlich leckte. Mein Schwanz stand bei dieser heißen Nummer sofort wieder, was nicht unbemerkt blieb. Diesmal nahm Heike auf mir Platz, während ich Elke lecken musste, während die beiden ihre Küsserei fortsetzten.

Nachdem ich gekommen war und die beiden Frauen sich nicht länger küssen und befummeln wollten, kamen sie auf eine andere Idee: Nun musste ich wieder auf alle Viere gehen und Heikes klatschnasse Möse lecken, während Elke sich einen Umschnalldildo besorgte und mich in mein Buhloch fickte. Von einer Frau anal genommen zu werden, war für mich eine vollkommen neue Erfahrung. Zudem keine ganz angenehme, denn da ihr Becken gegen meinen verstriemten Hintern klatschte, wurden dadurch neue Schmerzwellen ausgelöst. Von meinem dadurch ausgelösten Stöhnen war sie allerdings vollkommen unbeeindruckt. Sie ließ erst von mir ab, als Heike mit spitzen Schreien einen weiteren Orgasmus verkündete. Nach einer kurzen Ruhepause tauschten die beiden Frauen die Rollen und ich wurde zum zweiten Mal an diesem Abend von einer Frau von hinten genommen und das Gefühl eines Dildos in meinem Hintern gepaart mit dem Geruch einer Möse in meiner Nase, dem Mösensaft in meinem Mund und den Schmerzen in meinem Gesäß ließen meinen Schwanz nochmals steif werden. Endlich kam es Elke, und kaum erklang ihr Orgasmusgeschrei, zog Heike den Dildo aus meinem Hintern heraus.

Dann sahen beide meinen Steifen. Wie auf Kommando warfen sie mich auf den Rücken und leckten beide gleichzeitig meine Eier und den Schaft meines Ständers. Es dauerte etwas länger, aber dann spritzte ich zum dritten Mal ab. Elke fing meinen Saft mit der Hand auf und hielt sie mir vor den Mund. Gehorsam schleckte ich meinen Geilsaft aus der Hand dieser strengen Frau.

Als ich aufgeschleckt hatte, erhoben wir uns alle drei. Beide gaben mir einen kräftigen Klaps auf meinen arg versohlten Hintern, dann entließen sie mich – aber nur, um mich mit dem Gesicht zur Wand aufzustellen. Es dauerte noch ein paar Minuten, bis Theresa neben mir stand, völlig fertig von ihrer wilden Vögelei. Während wir nun nackt, versohlt und durchgefickt standen, duschten die vier Gäste. Erst nachdem auch der letzte wieder angezogen im Wohnzimmer war, durften Theresa und ich unter die Dusche. Es war herrlich, das warme Wasser über den erschöpften und geschundenen Körper fließen zu lassen. Ich blieb deutlich länger unter der Dusche als üblich, so sehr genoss ich das fließende Wasser. Endlich aber riss ich mich los und kehrte nackt in den Wohnraum zurück.

Dort bereiteten sich die Gäste auf ihren Aufbruch vor. Mit einer herzlichen Umarmung und vielen freundlichen Worten verabschiedeten wir uns von ihnen. Dann waren Thomas, Theresa und ich allein. Nun wurde zunächst abgerechnet: Jeder der beiden Paare hatte sechshundert Euro Eintritt bezahlt, davon erhielt Thomas zweihundert für seine Unkosten. Während ich vierhundertfünfzig Euro für meine ‚Vorträge' und ‚Signierstunden' bekam, erhielt Theresa fünfhundertfünfzig Euro. Das war aber in Ordnung, denn sie bedankte sich in unserer beiden Namen auf ganz persönliche Weise bei Thomas für die Möglichkeit, mit unserem künstlerischen Schaffen Geld zu verdienen. Angesichts der erhaltenen Prügel und der vorangegangenen Vögelei sicher kein einfaches Unterfangen für sie, weshalb ihre höhere Entlohnung für mich vollkommen in Ordnung war. Ich für meinen Teil war glücklich, endlich zu meinem Wagen staksen und heimfahren zu können – auch wenn mir der Autositz während der gesamten Fahrt wie ein harter Holzstuhl vorkam.

Die alte Nachbarin

Wie an jedem Arbeitstag betrat ich frühmorgens mein Büro.
Mein Einzelzimmer lag am Ende des Ganges und hatte keine
Verbindung zu den Nachbarzimmern, was einerseits mit Blick
auf gelegentliche Gespräche bedauerlich war, andererseits
hatte ich dadurch aber auch meine Ruhe und musste nicht
endlos lange Gespräche über Banalitäten über mich ergehen
lassen.

Wie üblich stellte ich den Computer an, setzte den Kaffee auf
und stellte den Wandkalender um. Beim Anblick des neuen
Datums erstarrte ich – heute war der Geburtstag einer frühe-
ren Nachbarin. Mit dieser Frau verband mich ein ganz speziel-
les Band, und das kam so:

Meine damalige Frau Sabine und ich bewohnten ein kleines
Reihenhaus. Direkt neben uns wohnte die Großmutter von
Sabines bester Freundin Marion, deren Oma damals Mitte
Siebzig war. Sabine und Marion gluckten oft zusammen, gingen auch gemeinsam weg und waren beinahe mehr zusammen als ich mit Sabine. Natürlich sprach ich das immer wieder
an, aber ich biss regelmäßig auf Granit. Die Freundschaft zu
Marion war Sabine heilig, und wenn ich mich über die wenige
Zeit, die sie mit mir verbrachte, beklagte, wurde sie schnell
wütend oder war gar tief beleidigt. Die Streitereien wegen
Marions häufiger Anwesenheit bei uns oder der von Sabine
bei ihrer Freundin, die am anderen Ende der Stadt wohnte,
nahmen zu, und irgendwann trafen sich die beiden irgendwo

in der Stadt ohne dass ich Bescheid wusste. Unsere Ehe litt immer mehr, und als Sabine schließlich immer öfter unter fadenscheinigen Gründen den Beischlaf verweigerte, wurde ich sauer.

„Ich brauche Sex, ich bin geil, meine Eier platzen gleich", schimpfte ich, als wir eines Abends ins Bett gingen und sie nur schlafen wollte, „aber du hast wieder keine Lust? Was ist los mit dir, warum willst keinen Sex?"

„Ich bin nicht geil, das ist alles", kam die lapidare Antwort. Irgendwann fügte sie hinzu: „Mach's dir halt selber."

Wütend wollte ich das tatsächlich machen und ließ meinen Slip fallen, um es mir gleich im Schlafzimmer vor ihren Augen zu machen.

Sofort schrie sie: „Im Bad, du Schwein! Im Bad kannst du wichsen, so oft du willst!"

Ihre schrille Stimme zeigte mir, dass sie stinksauer war. Aus Erfahrung wusste ich, dass man in diesem Zustand nicht mit ihr reden konnte, also ging ich ins Bad und holte mir einen runter. Das war natürlich nicht sehr schön, vor allem wegen der Badezimmeratmosphäre, aber immerhin besser als mit einem Ständer schlafen zu müssen.

Seit jenem Abend hatten Sabine und ich keinen Sex mehr. Wenn ich mich darüber beschwerte, lachte sie bloß: „Du kannst mich ja auf Erfüllung der ehelichen Pflicht verklagen, aber dann werde ich mir einige hübsche Geschichten ausdenken, bei denen du vor Scham im Boden versinken würdest. Deine Kollegen hätten dann sehr viel zu lachen."

Dass sie imstande wäre, unwahre Geschichten über meine Potenz zu erzählen, war mir klar. Auch, dass das keine leere Drohung war, glaubte ich sofort. Also ließ ich das Thema ruhen. Das fiel mir in dem Moment auch recht leicht, denn im Büro hatte mir schon seit ein paar Tagen eine Kollegin schöne Augen gemacht und bereits mehrfach angedeutet, dass sie in einer Mittagspause gerne einen Kaffee mit mir trinken würde. Nun, da zwischen Sabine und mir nichts mehr lief, nahm ich das Angebot an und traf mich mit Elke. Aus dem Kaffee wurde mehr, und nach knapp zwei Wochen verzichteten wir auf den Kaffee und fuhren zu ihr nach Hause, wo wir das erste Mal zusammen schliefen. Nach meiner langen Zeit des ausschließlichen Wichsens war es ein unheimlich tolles Gefühl, meinen Schwanz endlich wieder in eine Frau stecken zu können. Elke war so geil, dass sie mir nach dem Abspritzen in ihre Möse zum Abschied noch einen blies und meinen Saft schluckte! Das hatte ich noch nie erlebt, bislang musste ich immer betteln, dass eine Frau mein Sperma hinunterschluckte, und selbst dann tat es nur die Hälfte von ihnen – und zeigte deutlichen Widerwillen. Elke war anders, sie blies und schluckte. Die letzten Tropfen verrieb sie auf ihren prallen Brüsten. Am Ende unserer Schäferstündchen zog sie ihren BH und die Bluse darüber, ohne sich die Möpse zu waschen: „Ich will deinen Geilsaft den ganzen Tag an mir spüren", hauchte sie mir ins Ohr.

Im Laufe der Zeit gingen wir auch miteinander spazieren. In der Stadt natürlich sittsam nebeneinander, aber im großen

Park eng umschlungen und uns ständig küssend. Dabei rutschte meine Hand auch wiederholt unter ihren kurzen Rock, während sie meinen Hintern tätschelte.

Es war eine wunderbare Zeit, bis mich eines Tages unsere alte Nachbarin ansprach: „Na, Herr Fremdgänger, gönnen sie sich einen Seitensprung oder eine Geliebte?"

Ich hielt das zunächst für einen Scherz oder dummen Spruch, aber der listige Blick der Alten ließ mich unsicher werden.

„Ich gehe nicht fremd!", erklärte ich und hoffte, dass meine Stimme fest klang.

„Ich habe dich aber gesehen, die Hand unter dem Rock von dem blonden Weibsbild – und dieses Weib war nicht Sabine!"

„Was? Wo?", stammelte ich jetzt etwas unsicher.

„Im Stadtwald, lächelte die Alte, „da, wo ich auch gerne spazieren gehe. Wusstest du das nicht?" Sie lachte kurz und gehässig.

Tatsächlich wusste ich nicht, dass sie dorthin gehen würde. Verdammt, sie konnte mich durchaus gesehen haben.

Noch während ich fieberhaft überlegte, was ich nun tun sollte, ergriff die Alte wieder das Wort: „Tja, wenn das Sabine wüsste, würde sie dich hochkant rausschmeißen – dann könntest du Unterhalt zahlen, bis du schwarz wirst. Außerdem hat sie doch das Haus von ihrer Oma geerbt, bevor ihr geheiratet habt – da hättest du keine Ansprüche." Wieder folgte ein gehässiges Lachen.

Nun war der Zeitpunkt gekommen, an dem ich mich aufs Betteln verlegen sollte. Also bat ich um ihr Stillschweigen.

„Komm ins Haus, dann kannst du mir alles erzählen", forderte die Alte. Als sie mein Zögern bemerkte, fügte sie hinzu: „Marion und Sabine sind auf großer Einkaufstour und wollen erst am Abend zurück sein. Also hast du genug Zeit für deine Geschichte."

Also trottete ich gehorsam hinter ihr her. In ihrem Wohnzimmer erzählte ich der alten Nachbarin die ganze Geschichte, von Sabines Verweigerung des Beischlafes über mein häufiges Wichsen bis hin zu meiner Affäre mit Elke.

Als ich geendet hatte, meinte die Alte: „Tja, dann hast du jetzt ein Problem. Ich bin eine Mitwisserin und könnte dir eine Menge Probleme bereiten. Andererseits habe ich auch Bedürfnisse, und du bist ein recht gut aussehender Mann..."

Ich schluckte.

Als ich schwieg, fuhr die Alte fort: „Ich werde schweigen, aber ich verlange eine Gegenleistung!"

Der Kloß in meinem Hals wurde immer dicker, und nur mühsam brachte ich ein „Was wäre das?" hervor.

„Wann immer ich dich sehe, schiele ich auf deinen Arsch", erklärte sie unumwunden, „vor allem, wenn du in Shorts bei der Gartenarbeit bist und dich hin und wieder bückst."

Ich schaute sie verständnislos an.

Als sie keine weitere Reaktion bei mir bemerkte, fuhr sie fort: „Ich will deinen Arsch anfassen, ich will ihn fühlen, ihn spüren. Und – ich will ihn versohlen!"

„Was?"

„Mit einem Rohrstock ordentlich verdreschen. Mein Mann hat mich vor fast vierzig Jahren verlassen, seitdem spüre ich den unbändigen Drang, Fremdgänger zu versohlen. Leider hatte ich dazu nie die Gelegenheit, aber jetzt gibt es ja dich."

„Versohlen? Mit einem Stock?"

„Ja, ganz genau. Dein Liebchen kannst du dann natürlich abschreiben, denn keine Frau wird dich mit verstriemtem Arsch bumsen wollen. Alle – außer mir!", fügte sie grinsend hinzu.

Sofort wollte ich lamentieren, schimpfen und sie beschwören, zu schweigen. Mit einer kurzen Handbewegung schnitt sie mir das Wort ab: „In genau einer Woche will ich dich hier zum Strafantritt sehen. Wenn du die kleine Schlampe trotzdem treffen willst, kannst du das gerne machen, aber ich habe Vorrang! Denk gut darüber nach!"

Das tat ich dann auch notgedrungen. Schnell war mir nämlich klar, dass ich bei einer Scheidung wirtschaftlich am Nullpunkt landen würde, und beruflich wäre die Affäre mit der Kollegin sicher auch nicht gut, zumal inzwischen ein Dezernent auf Elke aufmerksam geworden war und offen um sie buhlte. Was kein Wunder war, denn offiziell galt sie als alleinstehend, von unserer heißen Affäre wusste ja niemand. Würde der Dezernent mich als Nebenbuhler identifizieren, könnte er mir beruflich sehr viel Ärger machen. Egal, wie ich alles drehte und wendete, ich wäre am Ende der große Verlierer! Es sei denn – ich würde der alten Nachbarin gehorchen.

Nach drei Tagen stand mein Entschluss fest: Ich würde der Forderung der Alten nachgeben. Auch wenn ich nicht wusste, wie ein Rohrstock durchziehen würde, würde ich ein paar Hiebe sicher überstehen können. Mehr als ein halbes Dutzend Schläge würde sie mir in ihrem Alter und bei ihrer schmächtigen Statur sicher nicht verpassen können, und besonders hart dürften sie auch nicht ausfallen. Blieb also das Problem Elke, denn mit verstriemten Hintern konnte ich mich nicht vor ihr ausziehen. Ich entschloss mich, ihr viel Arbeit vorzuschützen und um sexuelle Abstinenz zu bitten, was wegen eines neuen Projekts durchaus glaubhaft klang. Natürlich war sie nicht begeistert, aber schließlich willigte sie ein. Lediglich die Spaziergänge in der Mittagspause behielten wir bei, aber dabei blieb ja meine Hose oben.

Am letzten Tag der Frist, einem Samstag, klingelte ich bei der alten Nachbarin. Sabine war mit Marion bei einer Vernissage und anschließend wollten die beiden die Bars unsicher machen. Sie würden wohl erst spät in der Nacht zurückkehren – vielleicht auch erst am anderen Morgen. Da Sabine inzwischen getrennte Schlafzimmer durchgesetzt hatte, wusste ich nie, wann sie heimkam.

Als die Alte öffnete und mich sah, verschränkte sie die Arme vor der Brust: „Ich will ein Bitte-Bitte hören!"

„Bitte, bitte, ich tue alles, was sie wollen, aber sagen sie Sabine nichts von meinem Seitensprung!"

„Das geht noch besser, aber komm erstmal rein!"

Noch im Hausflur befahl sie mir, mich bis auf die Unterhose zu entkleiden. Als sie meinen Slip aus weißem Doppelripp sah, meinte sie abfällig: „Etwas Geileres hätte es schon sein dürfen!"

Dann dirigierte sie mich in die Küche und ‚übte' mit mir mein ‚Geständnis'. Immer wieder musste ich meinen Seitensprung gestehen und sie deutete an, was ich in meinem Geständnis verbessern müsse. Ich baute das dann ein und sagte den Spruch erneut auf. Es schien ihr sehr viel Spaß zu machen, mich meine Missetat wieder und wieder gestehen zu lassen, während ich mit hochrotem Kopf am liebsten vor Scham im Boden versunken wäre.

Endlich, nach einer halben Stunde, legte ich das in den Ohren der Alten ‚richtige' Geständnis ab: „Ich bin ein dummes Schwein, das die Werte seiner Frau nicht erkennt und stattdessen wild in der Gegend herumvögelt. Ich bin eine männliche Schlampe und möchte auf den rechten Weg zurückgeführt werden. Ich bitte um sehr, sehr strenge Bestrafung."

Die letzten Worte murmelte ich mit hochrotem Kopf beinahe unhörbar, weshalb ich den gesamten Text komplett und laut wiederholen musste. Für die Zukunft befahl mir die Alte, diesen Satz bei jedem Strafantritt an der Haustür aufzusagen, was ich auch brav getan habe.

Dann war es soweit! Die Alte griff auf den Küchenschrank und brachte einen Rohrstock zum Vorschein. Ich war überrascht, dass er dünner als erwartet war, aber bislang hatte ich nur davon gehört und mir wohl falsche Vorstellungen gemacht.

Falsche Vorstellungen hatte ich auch von der Konstitution der alten Nachbarin, denn entgegen meiner Vermutung konnte sie oft und dazu noch kräftig zuschlagen, und die Wucht ihrer Hiebe war auch beim vierzigsten Hieb genauso schlimm wie beim ersten Schlag, wie ich gleich merken sollte.

Zunächst aber musste ich den Slip ausziehen und mich von der Alten ausgiebig mustern lassen.

„Sieh an, ein rasierter Sack", grinste sie anzüglich, „du machst also auch diese Mode mit. Ich nicht!" Das Grinsen wurde schmierig.

Langsam trat sie an mich heran und fasste mich an den Schwanz. Ich zuckte unwillkürlich zusammen.

„Na, na, na, was ist denn das für ein Benehmen", tadelte sie, „du wirst doch einer Dame nicht ihr Spielzeug entziehen wollen!"

Dann war es soweit: Ich musste mich über den Küchentisch beugen. Sofort war die Alte da und band meine Hände mit kleinen Stricken an den Tischbeinen fest.

„Das ist nur zu deinem Besten, denn sonst würdest du aufspringen und dich der Strafe entziehen. Das wollen wir doch nicht, schließlich willst du doch anständig werden, oder?"

Als ich nickte, meinte sie: „Braver Junge! Und nun werde ich dir das Schlampendasein austreiben!"

Damit ließ sie den ersten Hieb auf meinen nackten Hintern knallen. Du meine Güte, zog der Stock durch! Ich konnte nur mit viel Mühe ruhig bleiben.

„Ja, das tut gut, nicht wahr!", höhnte die Alte.

Wieder schlug sie zu und jetzt wand ich mich auf dem Tisch. Ohne die Fesseln wäre ich tatsächlich aufgesprungen und sicher auch weggerannt. Aber so musste ich in der Strafstellung verharren und konnte mir nur durch wildes Powackeln, Beinestrampeln und Stöhnen etwas Erleichterung verschaffen.

Aber die Linderung, ob eingebildet oder tatsächlich vorhanden, hielt nur bis zum nächsten Hieb an. Sein Klatschen war noch nicht verhallt, als die Feuersbrunst durch meine Kehrseite schoss und der Schmerz mein Gehirn erreichte. Der nächste Hieb trieb mir die Tränen in die Augen, während sich das anfängliche Stöhnen in ein immer lauter werdendes Schluchzen und schließlich Schreien verwandelte.

„Ja, schrei nur, diese Häuser sind alle alt und solide gebaut, hier hört das niemand in der Nachbarschaft. Zumal bei euch ja niemand zu Hause ist", lachte sie.

Für einen Moment tauchte ihr Gesicht vor meinem auf, offenbar wollte sie alle meine Reaktionen genießen.

„Ja, heul nur, das mag ich!", höhnte sie, „Schweine wie du, die ihre Schwänze in andere Weiber stecken, haben es nicht besser verdient. Rotz und Wasser wirst du heulen!"

Dann verschwand sie aus meinem Blickfeld. Gleich darauf traf mich erneut der Stock.

Danach sauste er wieder und wieder auf meine Kehrseite, und tatsächlich heulte ich schließlich wie ein Schoßhund. Die Schmerzen waren schier unerträglich, und ich bettelte um Gnade, flehte die Alte an, aufzuhören, weil ich genug hätte.

Aber es half alles nichts. Unbarmherzig prügelte sie weiter auf meinen Hintern ein. „Fremdficker kriegen fünfzig Hiebe auf den nackten Arsch!", erklärte sie mir zwischen zwei Hieben, und am Erreichen dieses Zieles ‚arbeitete' sie.

Hieb auf Hieb knallte auf mein Hinterteil, manchmal traf sie aber auch die Schenkel, was mein Gejaule noch schriller werden ließ. Nahm das denn überhaupt kein Ende? Ich bereute einen Moment lang, nicht von Anfang an mitgezählt zu haben, aber dann explodierte der nächste Hieb und in meinem Kopf herrschte nur noch Schmerz, ansonsten war da nur noch Leere.

Die Alte hatte eine hervorragende Kondition! Die Härte der Hiebe ließ keinen Deut nach, und sie prügelte mich ohne die kleinste Pause. Dabei erwischte sie auch mehrmals ‚versehentlich' meine Schenkel.

Endlich, nach einer halben Ewigkeit von ständig neuem Feuer und Schmerz, hielt sie inne.

„Das wären also die ersten fünfzig Hiebe gewesen", meinte sie beinahe bedauernd.

„Wa-was heißt... heißt... heißt erste Hie-be?", stotterte ich.

„Dass wir diese Behandlung jede Woche wiederholen werden, oder glaubst du wirklich, dass dein schmutziges Verhalten mit einer so geringen Anzahl von Hieben gesühnt wäre? Nein, dazu bedarf es mehr. Außerdem liebe ich deinen Arsch, ich liebe es, dich durchzuhauen und ich liebe dein Heulen und Jaulen!", lachte sie, „Das will ich noch sehr, sehr oft erleben!"

„Aber... aber ich... Elke...", stammelte ich.

Jetzt trat sie in mein Blickfeld und lachte: „Du meinst, dass du bumsen willst? Hast du keine Lust auf Selbstbefriedigung? Na,

mach dir keine Sorgen, du darfst deine Eier in einer Frau entleeren!" Nach einer kurzen, bedeutungsschweren Pause fuhr
sie fort: „Dein Saft gehört jetzt mir, genau wie dein Arsch und
dein Maul! Schließlich musst du mir ja deine Dankbarkeit dafür
zeigen, dass ich deiner süßen Gattin nichts von deinen Ver-
fehlungen erzähle und mir stattdessen die Mühe mache, dich
zu bessern."

Mir verschlug es die Worte, und so schwieg ich. Das wertete
die Alte wohl als Zustimmung, denn rasch band sie meine
Hände los, packte mich am Ohr und zog mich in ihr Schlafzimmer. Dort angekommen zog sie ihr Kleid aus und stand
splitternackt vor mir. Ihre üppigen, faltigen Brüste hingen
schwer herab, und auch ihr übriger Körper wies viele Falten
auf.

Sofort legte sie sich aufs Bett und rutschte so nah an die Kan-
te, dass ihre Möse genau am Bettrand lag. Dann spreizte die
Beine und befahl mir: „Los, sei dankbar, sei dankbar für mein
Schweigen und für die bezogene Prügel! Leck mein Liebes-
loch, leck es gründlich aus und schluck den Saft. Stell dir vor,
ich wäre deine Kollegin, diese süße Maus mit den prallen Tit-
ten!"

Ich schluckte den Kloß in meinem Hals hinunter und stand
unschlüssig vor dem Bett. Sollte ich diese Frau wirklich mit der
Zunge verwöhnen? Ich konnte doch keine deutlich über Siebzigjährige lecken, oder?

Die Alte hatte mein Zögern bemerkt. Da ich mit meinen Gedanken beschäftigt war, hatte ich nicht mitbekommen, dass

sie bereits eine Entscheidungshilfe in Form einer Haarbürste ergriffen hatte. Eine plötzliche Bewegung neben mir riss mich aus meinen Gedanken, und im nächsten Moment lag ich über ihren Knien. Sofort drückte sie meinen Oberkörper mit einer Hand nach unten, während ihre Beine die meinen festklemmten. Dann schwang sie die Haarbürste! Da mein Hintern bereits übel aussah, mussten nun meine Oberschenkel herhalten und wurden das Ziel ihrer Hiebe!

Überaus schmerzhaft traf die Haarbürste die Schenkel. Gemeinerweise zielte sie besonders gerne auf die einzelnen Striemen, die sie zuvor hin und wieder ‚aus Versehen' mit dem Rohrstock auf meine Schenkel gestanzt hatte.

Nun hallte nach der Küche auch das Schlafzimmer von meinen Schmerzensschreien wieder.

Während sie mich tüchtig verdrosch, lachte sie: „Ja, jodle nur, dir werde ich schon Respekt und Gehorsam vor dem Alter beibringen!"

Trotz aller Schmerzen spürte ich noch etwas, etwas überaus Angenehmes: mein Schwanz reagierte! Da ich ja splitternackt war und sich die Alte in Erwartung eines Ficks ebenfalls nackig gemacht hatte, war mein Schwanz nun, da ich über ihren Knien lag, in großer Nähe zu ihrer Möse. Trotz der ungeheuren Schmerzen vom Rohrstock und dem neuerlichen Brennen der Schläge mit der Haarbürste fühlte ich tatsächlich Geilheit in mir aufsteigen.

Als ich merkte, dass die Alte mit mir sprach, nahm ich meine letzte Kraft zusammen und konzentrierte mich auf ihre Worte.

„Wirst du mich lecken?", fragte sie gerade eindringlich, „Oder brauchst du noch mehr Hiebe, bevor du dich entscheidest, lieb zu sein?"

Es dauerte ein paar Momente, in denen ich weitere Hiebe bezog, dann endlich hatte ich die Kraft zu stammeln: „Ich lecke, ich lecke, bitte, bitte…"

Augenblicklich hörten die Hiebe auf. Drohend fragte die Alte: „Du wirst gehorchen? Keine Tricks?"

„Nein, nein, keine Tricks", hauchte ich, „ich… werde gehorchen, wirklich, aber…bitte, bitte keine… keine Schläge mehr!"

Mit einer kleinen Handbewegung schubste mich die Alte von ihren Knien und legte sich augenblicklich wieder in Position. „Fang an!", kommandierte sie barsch.

Stöhnend richtete ich mich auf die Knie auf, kroch an den Bettrand und schaute auf die Möse der Alten. Dichtes, schwarzes Schamhaar spross in ihrem Schoß, das gekräuselte Haar schien ihr Fickloch schützend bedecken zu wollen. Ich hatte schon lange keine behaarte Muschi mehr gesehen und starrte nun beinahe fasziniert auf dieses Relikt aus alten Zeiten.

„Fang endlich an, sonst hole ich den Stock!", maulte die Alte ungnädig und voller Ungeduld. Offenbar konnte sie es nicht erwarten, meine Zunge in ihrer Möse zu spüren – wie lange hatte sie wohl auf einen solchen Moment gewartet?

Als die nächste Aufforderung zum Anfangen kam und der Ton jetzt drohend war, überwand ich meine Bedenken und, das muss ich zugeben, auch meinen Ekel – eine über siebzigjährige Frau zu lecken war nie das, was ich mir hatte vorstellen können, weil alte Frauen immer im Ruf der Unsauberkeit standen. Tatsächlich roch die Möse der Alten aber gut, sie schien eine Seife mit Duftstoffen zu benutzen. In diesem Moment wurde der Geruch der Seife jedoch von ihrem Mösenduft überlagert, der wildes und heißes Verlangen ausstrahlte. Hinzu kam die Hitze, die von dem Loch untern den Haaren verströmt wurde. Die ganze Atmosphäre war voller Erotik, aufgeladen mit Lust und Verlangen. Mein Schwanz erigierte und ich ließ mich von der Atmosphäre einfangen. Ich vergaß meinen schmerzenden Hintern, meine brennenden Schenkel, vergaß alle Vorbehalte über das Alter der Nachbarin, sah nur noch ihr Fickloch, die Schamhaare, die mich noch mehr aufgeilten, ich spürte meinen steifen Schwanz – und küsste heiß und innig das Fickloch der alten Frau. Das löste bei ihr wohliges Stöhnen aus.

Dann schob ich ihre Schamhaare beiseite und steckte meine Zunge in ihr Mösenloch. Ich leckte wie ein Wilder und spürte schon bald den Geschmack von Muschisaft in meinem Mund. Es dauerte nicht lange, und die Alte explodierte in einem wilden Orgasmus. Niemals hätte ich mir vorstellen können, nun weiterzumachen, aber ich tat es! Ich leckte und schluckte, was ich an Saft bekommen konnte, während sie vor Lust spitze Schreie der Wolllust ausstieß.

Als der Strom an Mösensaft versiegte, wollte ich aufhören, aber ein strenges „Leck weiter!" ließ mich weitermachen. Diesmal dauerte es etwas länger, bis die Feuchtigkeit anschwoll, und so streichelte ich ihre Schenkel, während mein

Mund keine Sekunde von der Möse wich. Schließlich kam es ihr erneut.

Kaum waren die Wellen des Orgasmus versiegt, legte sie sich entspannt auf das Bett und hauchte mir zu: „Stell dich in die Ecke neben der Tür! Ich werde mich kurz ausruhen, dann kümmere ich mich wieder um dich."

„Mein…Schwanz", wagte ich einzuwenden, „ich bin geil, darf ich abspritzen?"

„Nein!", kam sofort die scharfe Antwort, „Ab in die Ecke, ohne weitere Diskussion!"

Etwas in mir ließ mich sofort gehorchen, obwohl ich meinen Schwanz zu gerne in ihrer behaarten Lustgrotte entladen hätte, denn die ganze Atmosphäre hatte mich unsagbar aufgegeilt.

Wie lange ich in der Ecke stand, weiß ich nicht, denn mein Zeitgefühl war schon mit Beginn der Rohrstockzüchtigung zusammengebrochen. Als ich endlich aus der Ecke gerufen wurde, musste ich mich bäuchlings auf das warme Bett der Alten legen.

„Als ich dich in die Ecke geschickt habe, bist du nicht sofort gesprungen", tadelte sie, „deshalb kriegst du jetzt noch was mit dem Gürtel!"

Mein sofort einsetzendes Jammern unterband sie mit einem scharfen „Ruhe!"

Augenblicklich verstummte ich.

„Dein Hintern und deine Schenkel sehen sehr hübsch aus", meinte sie, „aber dein Rücken ist noch jungfräulich. Das wird sich jetzt ändern, ich werde einen Gürtel auf ihm tanzen lassen. Wehe, du drehst den Rücken weg oder versuchst aus dem Bett zu springen!"

Ich schwieg und verschränkte meine Hände hinter dem Kopf, um sie und die Arme aus der Gefahrenzone zu bringen. Ich wollte nicht fliehen, denn inzwischen hatte ich schon so viele Schläge bezogen, dass es auf ein paar Hiebe mehr nicht mehr ankam. Außerdem spürte ich diese wilde Geilheit in mir, die von der Aussicht auf Prügel und den Gefühlen nach der überstandenen Wucht immer weiter angeheizt wurde.

Die Folgen meiner Widerworte bekam ich kurz darauf zu spüren. Die Alte hatte einen Ledergürtel geholt und peitschte nun meinen Rücken. Es tat furchtbar weh, aber es war überraschend schnell vorbei.

„Ein Dutzend reicht, du hattest ja nur ein kleines Widerwort", erklärte die Alte. Dann fügte sie hinzu: „Los, dreh dich auf den Rücken!"

Stöhnend gehorchte ich, aber das Liegen fiel mir sehr schwer – trotz der weichen Matratze tat jetzt meine gesamte Rückseite von oben bis unten fürchterlich weh.

Aber für eine Konzentration auf die Schmerzen blieb keine Zeit, denn schon schwang sich die Alte über mich.

„Bin gespannt, ob du mich auch so beglücken kannst wie deine Büroschlampe!"

Dann griff sie meinen noch immer steifen Schwanz und steckte ihn sich in die Möse. Gleich darauf wurde ich von ihr geritten! Es dauerte nicht lange, und ich spritzte ab – endlos lange pumpte mein Schwanz Sperma in ihr Loch, zu sehr hatten mich die Erlebnisse dieses Tages aufgegeilt, dazu hatte die Enthaltsamkeit der letzten Woche meine Eier ebenfalls prall gefüllt. Jetzt ließ ich alles raus!

Als ich mich beruhigt hatte, kroch die Alte etwas höher und presste mir ihr vor Sperma und Mösensaft überfließendes Loch auf den Mund.

„Auslecken!"

Sofort trat meine Zunge in Aktion und ich schleckte sie leer – was nicht einfach war, denn sie bekam tatsächlich noch einen Orgasmus.

Endlich aber war ihre Muschi wieder sauber. Ich spürte kaum noch meine Zunge, denn so viel Leckarbeit hatte ich noch nie verrichten müssen.

„Braver Junge!", lobte die Alte, „Da will ich mal nicht so sein und dich belohnen."

Im nächsten Augenblick war sie ans Fußende gerutscht und ihre Lippen umschlangen meinen Schwanz. Während sie geradezu gierig am Schaft saugte, massierten ihre Hände meine Eier. Es war unglaublich, wie geschickt mich diese Mittsiebzigerin zum Höhepunkt brachte. Meine vor Geilheit vernebelten Sinne realisierten die aufkommende Lust, dann schoss ich auch schon ab – und diesmal leckte und schluckte die Alte! Es war unglaublich! Ein Höhepunkt in einer Intensität, die ich nie zuvor erlebt hatte! Die Schmerzen von meinem Hintern, den Schenkeln und dem Rücken verblassten vor diesem Fick!

Mit einem Grinsen ließ die Alte schließlich von mir ab.

„Los, duschen!"

Völlig erschöpft erhob ich mich und wollte ins Bad wanken.

Aber kaum stand ich, stand noch etwas – mein Schwanz!

Die Alte sah die Erektion auch: „Na, da hat wohl einer noch nicht genug!"

Dann griff sie mit den Händen zu: Mit der einen wichste sie meinen Schwanz, mit der anderen kraulte sie meine Eier. Als ich abspritzte, fing sie alles mit der Hand auf und im nächsten Augenblick verschmierte sie meinen Geilschleim in meinem Gesicht.

„Wer so unsauber ist, muss betraft werden", lachte sie und zog mich über ihre Knie. Dann versohlte sie mir mit der bloßen Hand den Hintern, was wegen der vielen Rohrstockstriemen extrem schmerzhaft war.

Schließlich hatte sie aber wohl auch genug und entließ mich ins Bad.

Ich duschte sehr gründlich. Anschließend ging ich zu ihr ins Wohnzimmer, wo sie mich umgehend in die Ecke stellte. Dort stand ich, während sie selber duschte und anschließend Kaffee kochte. Als ich aus der Ecke durfte, erlaubte sie mir das Anziehen meines Slips. Ich musste so spärlich bekleidet auf einem alten Holzstuhl Platz nehmen, was mir wegen der Härte der Sitzfläche die Tränen in die Augen trieb. Trotzdem hielt ich tapfer durch und unterhielt mich noch fast eine Stunde mit der Alten, während wir gemeinsam den Kaffee tranken. Erst dann entließ sie mich – aber nur für diesen Tag, denn in einer Woche sollte ich wieder antreten, denn für mein Fremdgehen hatte ich noch sehr viele Hiebe verdient.

Da sich die Beziehung zu Sabine immer mehr zu einem Nebeneinander entwickelte, hatte ich genug Zeit, um in den kommenden Wochen weitere Bestrafungen entgegenzunehmen. Eigentlich hatte ich mir während der Wucht mit dem Rohrstock geschworen, das Haus der Alten nie mehr zu betreten, aber die Ereignisse im Schlafzimmer und die unglaubliche Intensität des Sex ließen mich noch am Abend der ersten Bestrafung schwanken. Als ich die Spuren der Schläge im Schlafzimmerspiegel sah, erschrak ich zwar furchtbar, aber dann erinnerte ich mich auch an die Wärme und die Erregung, die die Hiebe nach der überstandenen Züchtigung in mir ausgelöst hatten. Tatsächlich ging ich eine Woche später fast etwas beschwingt zum Haus der Alten und sagte beim Öffnen brav mein Geständnis auf: „Ich bin ein dummes Schwein, das die Werte seiner Frau nicht erkennt und stattdessen wild in der Gegend herumvögelt. Ich bin eine männliche Schlampe und möchte auf den rechten Weg zurückgeführt werden. Ich bitte um sehr strenge und ausgiebige Bestrafung" – und die bekam ich dann auch jedes Mal. Selbst als Sabine und ich uns ein Jahr später scheiden ließen, besuchte ich weiterhin die alte Nachbarin. Erleichtert wurde das dadurch, dass Sabine das Haus rasch nach der Scheidung verkaufte und wegzog. Genau wie meine frühere Geliebte Elke, die schon ein halbes Jahr nach Beginn meiner Bestrafung zu einem anderen Arbeitgeber wechselte und mit einem dortigen Dezernenten anbandelte. Ihre Karriere war atemberaubend...

Meine Erziehung durch die Nachbarin hielt fast drei Jahre an. Dann wurde sie krank und ‚entließ' mich aus ihren Fittichen. Zum Abschied schenkte sie mir den Rohrstock, der mir so viele Schmerzen zugefügt, aber andererseits auch unglaublich intensive Lustgefühle beschert hatte. Zwei Jahre später starb sie.

Selbst jetzt, so viele Jahre nach dem Tod der alten Nachbarin, träume ich noch von ihrer damaligen Erziehung und werde an ihrem Geburtstag sentimental. Wie schön wäre es, nochmals eine ältere Dame zu finden, die mich, egal ob mit oder ohne Liebesdienste, auf die alte Weise bestraft – auf dem Kerbholz hätte ich genug, um eine tüchtige Strafe verdient zu haben. Nur: Welche Dame traut sich, mich ordentlich zu versohlen?

Peinliche Silvesterfeier

Wieder einmal stand ein Jahreswechsel unmittelbar vor der Tür. Wie viele andere Menschen auch plante das Ehepaar Rudolf und Andrea K. eine Silvesterfeier, allerdings nur im kleinen Kreise. Als Gastgeber waren sie schon seit Wochen mit den Planungen beschäftigt und am heutigen Silvestertag war endlich alles für eine gemütliche Feier mit gutem Essen arrangiert.

Neben den Gastgebern nahmen an der Feier auch zwei Freunde von Rudolf und Andrea aus Kindertagen mit ihren jeweiligen Ehefrauen teil. Zusätzlich und unverhofft war am Vortag Claudia, die Tochter von Rudolf und Andrea, zu ihren Eltern gestoßen. Eigentlich wollte sie mit ihrem Freund und ein paar Kommilitonen an einer Studentenparty teilnehmen, aber dann war ihr Freund für eine andere entflammt und hatte Claudia zwei Tage vor Silvester den Laufpass gegeben.

‚Scheiße!', fluchte Claudia innerlich in ihrem alten Zimmer, ‚anstatt auf der Party die Sau rauszulassen und mich von dem Scheißkerl ins neue Jahr ficken zu lassen, muss ich jetzt bei meinen Alten und den Spießern hocken.'

Claudia war stinksauer, denn neben ihrer Beziehung waren auch die ersten drei Semester an der Universität nicht so gut gelaufen: Sie hatte noch nicht allzu viele Prüfungen abgelegt, geschweige denn bestanden. Aber wie hatte sie auch lernen sollen, wenn ihr gleich in der ersten Woche so ein süßer Bursche über den Weg lief, der nicht nur gut vögeln, sondern auch mit der Zunge eine Frau in den Wahnsinn treiben konnte! Klar, dass das Studium gegen die sexuellen Angebote ihres Freundes nicht ankommen konnte und recht schnell ins Hintertreffen geriet.

‚Und dann serviert der Kerl mich einfach so ab, von einem Tag auf den anderen, und vögelt eine andere. Scheiße!'

Frustriert und voller Wut auf ihren Ex schenkte sich Claudia aus der Flasche Wein, die sie mit ein paar anderen Flaschen dem gut gefüllten Keller ihrer Eltern entnommen hatte, ein neues Glas ein. Längst schon hatte sie den Überblick über die konsumierte Menge verloren, aber es war ihr egal. In ihrer Studentenbude hatte sie sich fast einen Tag lang die Augen ausgeheult und zwischendurch immer wieder versucht, ihren Ex zur Fortsetzung der Beziehung zu überreden. Aber der Kerl ging nicht ans Telefon und rief auch trotz der wiederholt auf dem Anrufbeantworter hinterlassenen Bitte nicht zurück. Um nicht am Silvestertag allein mit ihrem Kummer im Studentenwohnheim zu hocken, wo die Partystimmung erfahrungsgemäß recht früh auf hohem Niveau anzukommen pflegte, war sie kurz entschlossen zu ihren Eltern gefahren in der Hoffnung, dass die auswärts feiern würden und sie in dem Haus mit den drum herum wohnenden älteren und daher garantiert nicht laut feiernden Nachbarn ihre Ruhe haben würde. Dass ausgerechnet in diesem Jahr die von ihr als nervig empfundenen Freunde ihrer Eltern kommen würden, war ein weiterer Tiefschlag für Claudia. Sie mochte weder den Landespolitiker Felix, der sich, obwohl nur Hinterbänkler, für einen wichtigen

Mann hielt, noch Theo, der sich als Schreibwarenhändler für einen großen Geschäftsmann hielt. Die Ehefrauen bestärkten ihre Männer in diesem Glauben, und Claudias Eltern passten sich an. Claudia hielt diese Leute dagegen für eingebildete Lackaffen und fand deren Gehabe einfach nur ‚zum Kotzen'. Als sie das gegenüber ihren Eltern einmal laut äußerte, hatte es ihr eine saftige Ohrfeige von der Mutter eingebracht, und weil sie daraufhin erst recht auf ihrer Meinung beharrte, war vom Vater eine ordentliche Tracht Prügel mit dem Gürtel gefolgt. Die hatte er allerdings nicht mit ihrer Meinung, sondern mit ihrem ‚Trotz, auf Unsinn zu beharren' begründet.

‚Ja, der Gürtel', sinnierte Claudia und nahm einen kräftigen Schluck Wein, ‚wie oft habe ich ihn bekommen.' Ihr Gesicht nahm einen verklärten Ausdruck an, und bei der Erinnerung wanderte ihre Hand in ihre Jeans und begann, an ihrer Muschi zu spielen. Ihr Vater wäre fassungslos, wenn er wüsste, dass seine Tochter schon sehr früh feststellte, wie erregend eine Tracht Prügel sein konnte. Gerade in der Pubertät hatte sie immer wieder Situationen herbeigeführt, in denen ihr Vater zum Gürtel und manchmal, bei besonders schweren Vergehen, sogar zum Rohrstock gegriffen hatte, um seiner Tochter Benehmen einzubläuen.

Claudia stellte das fast leere Weinglas auf den Nachttisch in ihrem alten Zimmer, dass noch genauso eingerichtet war wie am Tag ihres Umzugs in das Studentenwohnheim. Längst hatte sie ihre Jeans abgestreift und ihre Hand in den knappen Slip wandern lassen. Sie dachte an die Schmerzen während der Bestrafungen und an die schönen Momente in ihrem Zimmer, auf das sie nach jeder Züchtigung geschickt wurde. Als sie an den Rohrstock und die wunderbaren Striemen auf ihrem Po dachte, bekam sie einen gewaltigen Orgasmus.

Erschöpft lag sie einen Moment auf ihrem Bett und genoss das Gefühl großen Glücks. Leider währte es nicht sehr lange, und sie kam für ihren Geschmack viel zu schnell wieder in der Realität an. Dort wartete weder eine liebgewordene Tracht Prügel noch ein toller Mann auf sie, sondern nur die Erinnerung an ihren Ex-Freund, der jetzt sicher mit der anderen im Bett lag. Mit einem Unmutslaut griff Claudia zum Weinglas, trank den Rest aus, füllte nach und leerte es in einem Zug. Dann kam ihr eine Idee!

‚Der Alte hat garantiert noch den Rohrstock herumliegen. Den will ich heute spüren! Außerdem hat er mich nur vor den Augen seiner Frau bestraft, aber nie vor anderen Leuten. Wie wohl die großkotzigen Freunde darauf reagieren würden, wenn ich vor ihren Augen verdroschen werde?' Ein diabolisches Grinsen umspielte ihre vom Heulen leicht spröden Lippen. Sie beschloss, diesen Leuten zu zeigen, was sie von ihnen hielt, und dann konnte ihr Vater nicht umhin, ihr den Hintern voll zu hauen – vielleicht sogar vor seinen Freunden. DAS wäre ein Jahresabschluss, der IHR Spaß machen würde, vielleicht sogar mehr Spaß als eine durchfickte Nacht mit ihrem Ex-Freund.

Während ihre Eltern alles für das Abendessen und die lange Nacht vorbereiteten, machte sich Claudia an die Arbeit, ihren verdorbenen Plan in die Tat umzusetzen. Am Ende war sie pünktlich fertig: Sie hatte ein dezentes Make-up sowie ein verführerisches und auf ihr Shampoo abgestimmtes Parfüm aufgetragen, dazu trug sie eine weiße Bluse, die den spitzenbesetzten weißen BH eher betonte als bedeckte. Ein schwarzer Faltenminirock ergänzte ihre Oberbekleidung. Auf ein Höschen hatte sie verzichtet, und das Muster der halterlosen Strümpfe in der Farbe des Rockes und der hochhackigen Schuhe betonten die Beine. Zudem endeten die Strümpfe nur knapp unter dem Rocksaum, was viel Raum für die Phantasie eines Betrachters ließ. Ihre Eltern waren vom Anblick ihrer Tochter entsetzt und schickten sie zurück auf ihr Zimmer, um sich etwas dezenter zu kleiden, aber sie veränderte nichts, sondern ergänzte das Ensemble lediglich mit einer rot gemusterten Krawatte, so dass nun der Blick erst recht auf ihre Brüste gelenkt wurde. Da diese recht üppig proportioniert waren, wurde die Verheißung des Minirocks und der Strümpfe beinahe zur Nebensache.

Ihre Eltern hätten sie am liebsten erneut zum Umziehen aufs Zimmer geschickt, aber da es in diesem Augenblick an der Tür klingelte und die Gäste kamen, blieb dafür keine Zeit.

„Darüber reden wir noch, Fräuleinchen!", raunte ihr Vater in Claudias Ohr. Sofort spürte sie eine Hitzewelle zwischen ihren Beinen und bedauerte es nun beinahe, keinen Slip zu tragen, der ihren Liebessaft aufnehmen konnte. Aber es war zu spät und sie hoffte, dass der Saft nicht zu früh an ihren Beinen herunter laufen würde.

Bei der Begrüßung waren die Blicke der beiden männlichen Gäste zwar bemüht freundlich, aber Claudia bemerkte die verstohlene Musterung ihrer Kleidung und ihrer Brüste sehr wohl. Um den beiden noch mehr einzuheizen, erfand sie einige Vorwände, um sich bücken zu müssen. Das tat sie zunächst unschicklich mit durchgedrückten Beinen, so dass ihr Röckchen so hoch rutschte, dass jeder das Fehlen eines Höschens bemerken musste. Als wäre ihr das auch gerade eingefallen und peinlich, ging sie fortan in die Hocke, wobei sie ihren üppigen Vorbau weit hervorstreckte.

Ihren Eltern war Claudias Benehmen hochpeinlich, und man konnte geradezu sehen, wie der Blutdruck ihres Vaters Rudolf stieg. Die Mienen ihrer Mutter und die der beiden weiblichen Gäste wirkten hingegen eisig.

Angesichts der peinlichen Situation beeilte sich Mutter Andrea, die ganze Gesellschaft an den Esstisch zu dirigieren. Eigentlich hatte sie gehofft, dass ihr Claudia beim Auftragen der Gerichte helfen würde, aber angesichts ihres gewagten Aufzuges verzichtete sie darauf. Außerdem war ihre Tochter ja ungeplant aufgetaucht, so dass sich Andrea ohnehin auf das alleinige Bedienen der Gäste eingestellt hatte. Immerhin hatte sie Erfolg mit ihrem Versuch, Claudia zwischen sich und Kathrin, die als Politikergattin so manche unangenehme Situation gemeistert hatte, zu setzen.

Das Essen verlief ruhig, aber in einer eher gedämpften Atmosphäre. Felix und Theo prahlten zwar einmal mehr mit ihren Erfolgen, aber die Intensität, mit der sie das taten, blieb weit hinter der üblichen Aufschneiderei zurück. Dafür wurden mit zunehmendem Weinkonsum ihre Blicke auf Claudias Brüste interessierter. Diese tat alles, um ihre beiden Waffen wieder und wieder zur Geltung zu bringen.

Eine erste Steigerung ihres Plans trat ein, als sie die Schale mit dem Gemüse an Renate auf der anderen Tischseite hinüberreichen wollte und beinahe mit ihrer Krawatte an das Essen gekommen wäre.

„Upps, das ist ja gerade noch mal gut gegangen", kommentierte sie das provozierte Beinahe-Missgeschick und schlug sich kokett die Hand vor den Mund, „Ich nehme das Ding wohl besser ab, zumal mich der geschlossene obere Knopf schon fast stranguliert hat."

Bevor ihre Eltern reagieren konnten, hatte Claudia die Krawatte abgenommen und die oberen beiden Knöpfe ihrer Bluse geöffnet. Nun schimmerte der BH nicht nur durch die Bluse hindurch, sondern blitzte auch am Dekolletee auf.

„Ist das nicht ein bisschen viel?", versuchte ihre Mutter schließlich eine Intervention.

„Nein, keine Sorge, mir ist ohnehin so heiß."

„Kind, du wirst dich erkälten!"

„Wieso, ihr habt doch die Heizung an, oder? Außerdem lässt der Anblick von zwei so attraktiven und dazu noch erfolgreichen Männern jede Frau gegen Kälte unempfindlich werden."

Ihrem Vater Rudolf fiel bei diesen Worten fast die Gabel aus der Hand. Es war ihm deutlich das Ringen um Fassung anzusehen. Hätte er bemerkt, dass Claudia mit einem Fuß am Bein des ihr gegenübersitzenden Theo entlangfuhr, hätte er sicher einen Herzinfarkt bekommen.

Theo dagegen verharrte nur kurz in seiner Bewegung, dann erhellte ein unmerkliches Lächeln sein Gesicht und er widmete sich wieder dem Essen. Als er nach zwei Bissen einen Schluck Wein trank, blinzelte er Claudia verstohlen zu. Die überaus wachsamen Andrea und Kathrin registrierten das natürlich sofort und verbuchten es in Unkenntnis der Vorgänge unter dem Tisch als Anmache von Theo. Andrea fasste sofort den Entschluss, Claudia schnellstmöglich zu isolieren und unter einem Vorwand auf ihr Zimmer zu schicken.

Gleich nach dem Essen wollte sie ihren Plan in die Tat umsetzen und Claudia zum Tischabräumen abkommandieren. Sie hatte die Rechnung aber ohne Felix gemacht, dem die Blicke von Claudia in Richtung Theo nicht entgangen waren, der aber auch ihr Lächeln in seine Richtung bemerkt hatte. Sofort nach dem Nachtisch verwickelte er Claudia in dem Bemühen, Theo aus ihrer Aufmerksamkeit zu verdrängen, in ein Gespräch über die Lernsituation an der Universität.

„Als Landespolitiker ist man ja ganz besonders an der Bildung interessiert, und die Zustände an den Unis kennen wir aus der Zeitung. Aber ein Insiderbericht ist für uns Politiker immer eine willkommene Gelegenheit, sich mit de Sichtweise der Betroffenen vertraut zu machen. Also erzähl doch mal, wie es sich heutzutage studieren lässt."

Claudia ergriff nur zu gerne die Gelegenheit, ihrer Mutter zu entkommen und den Kontakt zu Felix erhöhen zu können. Die finsteren Blicke ihrer Mutter, aber auch die Zornesfalte ihres Vaters ignorierend, plauderte sie munter drauflos. Nach ein paar Minuten belanglosen Gesprächs über den Zustand und das Angebot der Bibliothek und der überfüllten Hörsäle begann sie mit der Umsetzung ihres Plans und gab dem Gespräch einen Schwenk: „Auch das Studentenleben ist wohl nicht mehr so wie früher. Damals, zu deiner Zeit, soll es hoch hergegangen sein, aber jetzt ist wegen des Leistungsdrucks kaum was los. Tote Hose sozusagen", dabei trat sie ganz dicht an ihn heran und legte blitzschnell eine Hand auf die sich abzeichnende Beule seiner Hose, „im Gegensatz zu der hier." Während ihre Zunge langsam über die Lippen strich, bekam Kathrin Schnappatmung, während sich Theo beinahe am Wein verschluckte. Seine Frau Renate stand wie Claudias Vater mit offenem Mund sprachlos im Raum.

Claudia schlug jetzt einen jammernden Tonfall an: „Aber vielleicht liegt es auch an mir, dass ich nicht bei coolen Partys bin, denn wer will schon so ein hässliches Ding an seiner Seite haben. Sogar mein Freund hat eine andere vorgezogen, ich war nur eine Übergangslösung."

Sie schmiegte sich an Felix, presste ihren Kopf an seine Schulter und schluchzte zweimal laut und vernehmlich. Dann trat sie rasch zurück und ließ ihren Blick zwischen Theo zu Felix wandern: „Was stimmt nicht mit mir? Ihr seid doch richtige Männer, was stört einen Mann an mir? Sind meine Brüste zu klein oder zu unförmig?"

Bevor es irgendjemand verhindern konnte, hatte sie ihre Bluse mit einem Ruck aufgerissen, so dass die Knöpfe in alle Richtungen flogen. Ihre Hände packten die Brüste und während sie auf die beiden Männer zutrat, hielt sie ihnen ihre Melonen hin.

Damit war ihre Vorstellung aber noch nicht beendet, denn ebenso plötzlich, wie sie ihre Bluse zerrissen hatte, ließ sie ihre Brüste los. Stattdessen hob sie blitzschnell ihren kurzen Rock in die Höhe, so dass alle ihre glatt rasierte Muschi sehen konnte, aus der bereits etliche Tropfen Liebessaft ausgetreten waren.

„Sind meine Beine zu krumm, zu kurz oder was?", heulte sie jetzt glaubhaft. Dann drehte sie sich um, bückte sich und hob erneut das Röckchen: „Mein Hintern ist zu fett, das ist es, oder? Los sagt es, ich kann es vertragen!"

Endlich waren die unfreiwilligen Zuschauer zu einer Reaktion fähig. „Hast du den Verstand verloren!?" schrie Andrea, packte Claudia und versuchte, ihre Tochter aus dem Raum zu zerren.

Mit einem Ruck riss sich Claudia los und warf sich jetzt dem ihr am nächsten stehenden Theo an den Hals: „Du bist doch ein Mann, lasse ich dich kalt?" dabei griff sie auch ihm ungeniert zwischen die Beine. Dann wich sie schnell ein paar Schritte zurück und schrie: „Würdet ihr mich ficken? Würdet ihr, oder bin ich zu hässlich für die Kerle?"

Sie hätte wohl noch mehr geschrieen, aber zwei harte Ohrfeigen beendeten ihren Auftritt. Rudolf packte seine Tochter am Arm und zog sie mit ungeahnter Kraft aus dem Raum direkt in ihr Zimmer.

„Hast du den Verstand verloren?", brüllte er dort, und schlug seiner Tochter dabei immer wieder ins Gesicht. Diese machte keinerlei Anstalten, die Ohrfeigen abzuwehren, oder ihr Gesicht zu schützen. Der Auftritt vor den ungeliebten Gästen hatte Claudia heiß und scharf gemacht, und die Ohrfeigenflut verstärkte diese tollen Gefühle nur noch ebenso wie die Flut an Liebessaft, die heiß und feucht ihre Beine hinab lief.

Dann verließ Rudolf das Zimmer seiner Tochter, aber vorsichtshalber drehte er von außen den Schlüssel im Türschloss.

Im Wohnzimmer war Andrea derweil bemüht, das Auftreten ihrer Tochter wortreich zu entschuldigen, wobei sie immer wieder auf die gerade in die Brüche gegangene Beziehung und den dadurch hervorgerufenen übermäßigen Alkoholkonsum ihrer Tochter einging.

Es war Felix, der als erster von den Gästen das Wort ergriff. Obwohl er im Landtag nur ein Hinterbänkler war, hatte er von seiner Partei diverse Fortbildungen in Rhetorik und zum Überstehen von kritischen Situationen bekommen: „Ja, das ist eine schwere Zeit für sie", begann er nonchalant, „wir wissen ja alle von dem Druck, der heutzutage auf den Studenten lastetet, ich sage nur Bologna-Reform, und dann noch die gescheiterte große Liebe. Klar, dass die Kleine da ausrastet."

„Die ‚Kleine'", entrüstete sich seine Frau Kathrin, „hast du dieses verdorbene Stück eben ‚Kleine' genannt? Ich sage dir, dass ist eine ganz Ausgebuffte, die wollte dich scharf machen."

„Sie hat zuviel getrunken, gleich gestern hat sie schon damit angefangen", wagte Mutter Andrea einzuwerfen.

„Umso schlimmer", ließ sich jetzt Vater Rudolf vernehmen, der inzwischen wieder zu der Gruppe gestoßen war, „egal, ob Liebesprobleme oder nicht, niemand sollte sich besaufen und dann die Beherrschung verlieren. Dem Balg sollte der Arsch so voll gehauen werden, dass sie eine Woche nicht mehr sitzen kann!"

„Genau!", stimmten Theo, Renate und Kathrin energisch zu.

„Aber Rudolf…"

„Nein, Andrea, das Biest hat den Bogen überspannt – und dann auch noch vor unseren Gästen!" Er wandte sich an die beiden Besucherpaare: „Wie soll ich euch denn nach dem Auftritt jemals wieder in die Augen sehen können?"

„Ach, weißt du, Rudolf", begann Felix, „das ist doch weder deine noch Andreas Schuld. Der Ex-Freund hätte sie nicht so kurz vor Silvester sitzen lassen dürfen, und dann noch der Druck der Uni – Menschenskind, jeder kann mal ausrasten, auch Claudia. Hau ihr den Hintern voll, und dann ist alles wieder gut."

„Ja, das werde ich, oh ja, das werde ich!" Rudolfs Miene war eine Maske purer Entschlossenheit. „Und weil sie euch beleidigt hat, werdet ihr alle auch Zeugen ihrer Züchtigung sein. Aber erst muss sie sich bei euch entschuldigen!"

„Rudolf, du kannst doch nicht…"

„Halt den Mund, Andrea, hier geht es um unseren Ruf, den das Gör ruinieren wollte. Jetzt ist sie fällig, und sie hat sich alles selber zuzuschreiben."

Damit verließ Rudolf das Zimmer, um kurz danach eine sich nur schwach wehrende Claudia hinter sich herziehend wieder zurückzukommen.

„So, du verdammtes Gör", offenbarte er seiner äußerlich zerknirscht wirkenden, aber innerlich vor Lust vibrierenden Tochter, „du wirst dich jetzt für dein skandalöses Verhalten bei jedem einzelnen unserer Gäste entschuldigen, und wehe, es kommt nicht aufrichtig von Herzen!"

Pflichtschuldig und mit vor dem Schoß knetenden Händen ging Claudia zu Kathrin: „Tut mir leid, dass ich deinen Mann so angebaggert habe, aber...", sie überlegte einen Moment, entschloss sich dann aber zur weiteren Durchführung ihres Plans und fuhr fort: „so eine Sahneschnitte von Mann macht mich einfach nur geil, und wenn du es nicht glaubst, dann schau her!"

Bei diesen Worten hob sie ihren kurzen Rock hoch und der an ihren Beinen herab laufende Liebessaft war oberhalb der halterlosen Strümpfe deutlich zu erkennen. Auch auf dem Stoff der Strümpfe hatte der Saft seine Spur hinterlassen. Niemand ahnte, dass sich Claudia in den wenigen Minuten, die sie alleine in ihrem Zimmer eingesperrt war, zu einem weiteren Höhepunkt masturbiert hatte.

Rasch drehte sie sich, damit alle Gäste ihre feucht glänzende Liebesmuschel sehen konnten.

Dann hörte sie die gefährlich leise Stimme ihres Vaters: „Den Stock, du Aas, hol sofort den Stock!"

Langsam drehte sie sich zu ihm um und legte viel Trotz in ihre Stimme: „Wo ist das olle Ding denn?"

Es hatte den Anschein, als würde ihr Vater auf der Stelle einen Herzinfarkt bekommen. Alle hielten angesichts dieses nun unverschämten Verhaltens die Luft an.

Endlich hatte sich Rudolf wieder gefasst: „In unserem Schlafzimmer", hauchte er, „genau hinter der Tür. Bring ihn her, SOFORT!" Das letzte Wort schrie er beinahe.

Claudia setzte sich sofort in Bewegung, allerdings versäumte sie nicht, dabei aufreizend mit ihren Hüften zu wackeln. Theo und Felix bekamen Stielaugen, was mit einem derben Rippenstoß der jeweiligen Ehefrau geahndet wurde.

Derweil hatte Claudia das Schlafzimmer ihrer Eltern erreicht. Es war lange her, dass sie hier drinnen war. Sie nahm sich aber nur die Zeit für einen kurzen Rundblick, dann schaute sie hinter die Tür und da war er: der Rohrstock aus ihrer Pubertät. Beinahe ehrfurchtsvoll nahm sie das Schmerz bringende und zugleich Lust fördernde Instrument ihrer Jugend in die Hand und strich beinahe zärtlich darüber.

„Bring mir Glück und bescher mir einen Orgasmus", flüsterte sie dem Stock zu. Dann ging sie etwas eiliger zurück ins Wohnzimmer wo bereits alle warteten.

„Du wirst dich entschuldigen, aber diesmal richtig!", wies sie ihr Vater an.

Zum zweiten Mal trat Claudia vor Kathrin: „Liebe Kathrin, es tut mir leid, dass ich deinen tollen Mann…AUA!"

Noch während der Schmerz seine Wellen durch ihren Körper jagte, schrie ihr Vater: „Fängst du schon wieder mit diesen unsittlichen Dingen an? Dir werde ich Benehmen einbläuen, dass du noch in hundert Jahren daran denken wirst!"

Damit ließ er den Stock noch zwei weitere Male auf Claudias Hinterteil herabsausen.

„Noch mal!", befahl er dann.

„Liebe Ka…Kathrin, es tut mir leid, dass ich mich…so…so unmöglich…benommen habe. Verzeihst du mir?"

„Gib ihr ruhig ein oder zwei kräftige Ohrfeigen, die hat sie sich verdient", forderte Andrea.

Das ließ sich Kathrin nicht zweimal sagen, und verabreichte der nun überraschten Claudia zwei wirklich harte Ohrfeigen.

Dieser Vorgang wiederholte sich bei Renate. Claudias Muschi wurde angesichts der unverhofften Schläge geradezu von Lustwellen überrollt. Nur mühsam gelang es ihr, die aufsteigenden Lustschreie zu unterdrücken.

Dann war Theo an der Reihe: „Lieber Theo, es tut mir leid, dass ich dich…dich aufgegeilt habe." Aus den Augenwinkeln sah sie, wie ihr Vater den Stock zum Schlage hob, und beeilte sich hinzuzufügen: „Ich bin wegen der Trennung und des Alkohols völlig durch den Wind."

Rudolfs Aufforderung, seiner unbotmäßigen Tochter ebenfalls ins Gesicht zu schlagen, kam Theo nur widerwillig nach, aber am Ende war es immerhin eine halbherzige Ohrfeige.

Bei Felix sagte sie den gleichen Spruch wie bei Theo auf, aber er reagierte zur Überraschung von seiner Frau und von Claudias Eltern mit Verständnis: „Das verstehe ich doch, meine Kleine, so eine Ausnahmesituation und dann noch der ganze Druck vom Studium – da können einem schon mal die Nerven durchgehen. Lass dich von deinem Vater brav verhauen, dann ist alles wieder gut."

Claudia sah ihm kurz in die Augen. Ja, der Mann wollte sehen, wie sie unter dem Rohrstock heulte, und am liebsten würde er sie den Rest des Abends nackt und verstriemt sehen. ‚Vielleicht', dachte sie, ‚lässt sich das einrichten.'

Nachdem sie sich auch noch bei ihren Eltern entschuldigt hatte, von denen sie aber keine Ohrfeigen bekam, ergriff ihr Vater Rudolf wieder das Wort: „Früher, als du noch eine pubertierende Göre warst, habe ich dir den Schlüpfer strammgezogen, aber heute bist du nicht nur erwachsen, sondern offensichtlich auch sehr zeigefreudig. Also werde ich dir den nackten Hintern versohlen."

„Aber, Rudolf..."

„Halt den Mund, Andrea, sonst bist du gleich nach deiner verdorbenen Tochter an der Reihe!", donnerte er los.

Sofort verstummte Mutter Andrea. Irgendetwas an der Art und Weise ihrer Reaktion ließ in Claudia den Verdacht aufkommen, dass sie die Schmerzen des Rohrstockes kannte – hatte ihr Vater seine Frau unbemerkt von ihr gezüchtigt? Wenn ja, hatte ihre Mutter dann die gleichen Lustgefühle wie ihre Tochter bekommen? Wohl nicht, denn sonst hätte sie jetzt alles darangesetzt, ebenfalls bestraft zu werden. Oder hielt sie die Anwesenheit der Gäste davon ab?

Claudia blieb nicht viel Zeit, um weiter darüber nachzudenken. Schon bellte ihr Vater: „Zieh dich aus, du Gör, deine paar Fetzen verhüllen ja ohnehin nichts!"

„Ab...", setzte Andrea an, verstummte aber sofort. Ihr Mann hatte den Versuch eines Einwandes entweder nicht gehört oder er ignorierte ihn.

Claudia ließ sich nicht zweimal auffordern und innerhalb kürzester Zeit stand sie splitternackt vor den Gästen. Hatte sie anfangs noch Beklemmungen gehabt, so waren diese nun verflogen. Ihr wurde nämlich bewusst, dass alle Anwesenden sie schon seit ihrer Geburt kannten und im Laufe der Jahre immer wieder nackt oder spärlich bekleidet gesehen hatten, vor allem in den gemeinsamen Strandurlauben, wo sie oft genug auch schon als pubertierende Jugendliche oben ohne herumgelaufen war, ohne sich vor diese oder anderen Leuten zu schämen. Warum also sollte sie sich jetzt, wo ihr Körper voll ausgebildet war, vor ihnen genieren? Nein, dafür gab es keinen Grund, und so stand sie dann ohne Anzeichen von Verlegenheit vor der kleinen Gesellschaft. Dabei bemerkte sie schon die neidischen Reaktionen von Kathrin und Renate sowie die lüsternen Blicke von Felix und Theo. Ihre Eltern schienen dagegen hin und her gerissen zu sein zwischen Wut und Scham wegen des Verhaltens ihrer Tochter und Stolz über ihren wohlgeformten Körper.

Rudolf fasste sich als erster wieder: „Über den Sessel. Fräuleinchen, wie früher auch."

Claudia beugte sich gehorsam und mit langsamer Gelassenheit über einen Sessel. Sie spreizte leicht die Beine, um einen besseren Stand zu haben, aber auch, um den Gästen ihrer Eltern einen guten Blick zu ermöglichen.

Während die beiden Paare etwas Abstand zum Sessel wahrten und Claudias Hinterteil neidvoll oder bewundernd betrachteten, war Andrea vor ihre Tochter getreten und ergriff ihre Hände.

‚Wie früher', dachte Claudia zärtlich, ‚da hat sie mich auch immer festgehalten, damit ich keine Zusatzstrafe wegen zu frühen Aufspringens bekam.'

Eine kleine Träne der Rührung floss ihre Wange hinab, die jedoch von ihrer Mutter als Zeichen der Scham und Angst gedeutet wurde.

„Ruhig, Kind", flüsterte sie ihrer Tochter zu, „es ist gleich vorbei, und dann ist alles wieder gut!"

Doch bevor die mütterliche Prophezeiung Wirklichkeit werden konnte, musste Claudia die nächsten Minuten überstehen. Und es waren viele, mit großen Schmerzen angefüllte Minuten, die ihr aber wegen des Wissens um die Zuschauer zugleich ein gewaltiges Prickeln zwischen den Beinen und sehr schnell einen ungeheuren Lustgewinn brachten.

Rudolf verabreichte die Schläge mit der Präzision eines Uhrwerks, keiner der Längshiebe überschnitt sich mit einer anderen Strieme. Außerdem ließ er sich zwischen den einzelnen

Hieben viel Zeit, und verabreichte erst dann den nächsten Schlag, wenn der Schmerz des vorhergehenden Hiebes fast verklungen war. Auf diese Weise kam Claudia nicht nur in den Genuss der vollen Schmerzentfaltung eines jeden Schlages, sondern auch Rudolf konnte sich zwischendurch von den Anstrengungen des Schlagens erholen, so dass trotz zunehmender Anzahl an verabreichten Hieben die Härte eines jeden einzelnen nicht abnahm.

Hieb auf Hieb verstriemte er Claudias festes Gesäß, das durch den Sport und insbesondere das Training der Problemzonen, zu denen auch der Po gehört, überaus strapazierfähig war. Zudem hatte Rudolf kein festes Strafmaß festgelegt, und so vollstreckte er ruhig und besonnen die Strafe nach eigenem Gutdünken und frei von einer zuvor festgelegten Obergrenze. Er würde erst aufhören, wenn er der Meinung war, dass seine Tochter keinen Schlag mehr aushalten würde oder sie nach seiner Meinung genug gelitten hatte.

Die weiblichen Gäste hatten anfangs mit einzelnen Rufen wie „Fester!" und „Zeig es ihr!" Rudolf zu einer schnelleren Schlagfolge anspornen wollen, aber rasch eingesehen, dass er es auf seine Weise erledigen würde. Felix und Theo standen hingegen nur staunend da, und nur die Beulen in ihren Hosen ließen auf ihre Gedanken schließen.

Anfangs hatte Claudia die Schläge äußerlich regungslos und stumm hingenommen und sich stattdessen ganz auf ihre Lustgefühle konzentriert. Mehr als einmal jagte der Schauer eines Orgasmus durch ihren Körper und löschte all die

Schmerzen und das Brennen des gelben Onkels. Mit zunehmender Züchtigungsdauer ließ die Lust jedoch nach, und der Schmerz der Hiebe überlagerte jegliches Lustgefühl. Nun reagierte ihr Körper mit heftigen Zuckungen und immer wilderem Gestrampel. Andrea hatte alle Mühe, ihre Tochter in der Strafposition zu halten. Immer lautere Schmerzensschreie entflohen Claudias Kehle, und als sie tatsächlich das in ihrem bisherigen Leben Undenkbare tat und um Gnade bettelte, verkündete ihr Vater: „Endlich kommst du zur Vernunft! Jetzt bekommst du noch ein Dutzend Hiebe, dann ist es gut."

Darüber war Claudia erschrocken, denn sie befürchtete, kein ganzes Dutzend mehr aushalten zu können. Es blieb ihr aber keine andere Wahl, denn angesichts des nahen Endes der Züchtigung hielt ihre Mutter sie mit eisenhartem Griff in der Position, und ihr Vater ließ den Stock unbarmherzig auf ihrem Gesäß tanzen. Andererseits sagte sie sich, dass es nur noch zwölf Schläge seien, und das erkennbare Ende ließ sie noch einmal die letzten Kraftreserven mobilisieren. Sofort meldete sich auch ihre Muschi mit lautem Pochen ihre Einsatzbereitschaft, so, als wolle sie die letzten Hiebe genießen.

Dann war es endlich geschafft, der letzte Hieb war verabreicht. Die letzten Schmerzwellen rasten durch Claudias Körper verebbten schließlich. Erschöpft und gezeichnet von den zahlreichen Orgasmen sowie den Anstrengungen der schlimmsten und zugleich schönsten Tracht Prügel ihres Lebens sank Claudia auf dem Fußboden zusammen und ließ ihren Tränen der Erleichterung und der Freude freien Lauf.

Ihr Vater schaute sich das lange an, und als er den Eindruck hatte, dass sich Claudia wieder halbwegs erholt hatte, kommandierte er: „Und jetzt: ab in die Ecke, Fräulein! Du weißt ja noch von früher, wie das geht: die Hände schön hinter dem Kopf gefaltet, Gesicht zur Wand und wenn ich auch nur einen Laut höre, liegst du wieder über dem Sessel und es gibt eine neue Wucht. Hast du mich verstanden?"

Claudias Gedanken rasten und erwogen eine weitere Ungehorsamkeit, aber dann siegte die Vernunft mit dem Argument, dass sie keine weitere Tracht Prügel durchstehen würde. Also sagte sie ganz artig: „Ja, Paps, danke. Aber darf ich vorher noch auf die Toilette gehen, der Wein…"

Mit einer großzügigen Geste erteilte Rudolf die Erlaubnis.

Claudia nutzte die Gelegenheit, ihre Muschi und die Beine vom Liebessaft zu säubern, aber dabei beeilte sie sich, damit ihr Vater sie nicht des Zeitspiels bezichtigen konnte. In weniger als fünf Minuten war sie fertig und stand in einer Ecke des Wohnzimmers, ihr entblößtes und über und über mit Striemen übersätes Gesäß den Blicken aller Anwesenden ausgeliefert.

Diese traten zunächst alle an die in der Ecke Stehende heran und betrachteten eingehend die Spuren der harten Züchtigung. Als Renate einige Striemen befühlte, war das ein Signal für die Übrigen, es auch zu tun.

„Was für eine Züchtigung!"

„So heiß, so glühend heiß die Haut…"

„Was müssen das für Schmerzen gewesen sein! Aber sie hat es ja provoziert…"

„Selber schuld, und die Strafe war gerecht..."

Diese und noch mehr Kommentare wurden abgegeben, und niemand kam auf die Idee, dass die eingehende Betrachtung ihrer Kehrseite die Bestrafte beschämen könnte. Tatsächlich genoss die Delinquentin die auf ihr Gesäß und die Striemen gelenkte Aufmerksamkeit. Sie spürte, wie sie zwischen den Beinen schon wieder feucht wurde. Langsam entwickelte sich in ihrem Inneren ein neuer Orgasmus.

Als irgendjemand zum wiederholten Male einen Finger durch ihre Pokerbe zog, war es um Claudias Beherrschung geschehen: Mit einem lustvollen Stöhnen entlud sich der aufgebaute Orgasmus, und während der Liebessaft in Strömen ihre Beine hinab lief, krümmte sie sich vor Verlangen und Gier, aber ohne auch nur für einen Moment die Hände aus der befohlenen Position zu nehmen.

„Die Sau ist ja richtig wild!", schrie Renate, und Kathrin ergänzte: „Das macht sie geil, die Sau steht auf Schläge!"

„Die kann sie haben", mischte sich jetzt Vater Rudolf ein.

Er packte seine Tochter an den Haaren und zerrte sie in die Zimmermitte. Dort dirigierte er mit kurzen Kommandos seine Gäste, die Claudia in Rückenlage fest auf dem Fußboden drückten, während ihre Mutter den Kopf hielt.

„Stimmt das, dir gefallen die Schläge?", fragte ihr Vater böse.

„J-ja", hauchte Claudia, einerseits voller Angst vor dem Kommenden und andererseits schon wieder feucht und geil vor Lust.

„Na, dann wollen wir deiner Fotze mal geben, was sie verlangt!"

Diesmal wählte Rudolf den Gürtel und ließ ihn quer über die Schenkel seiner Tochter sausen. Den neuen Schmerz empfand Claudia ungleich heftiger als die Stockschläge auf das Gesäß, und trotz ihrer durchtrainierten Beinmuskeln zog der Gürtel in ihrer Wahrnehmung schlimmer durch als zuvor der Rohrstock.

Wieder leistete Rudolf ganze Arbeit, und rasch waren Claudias Schenkel rot von den Hieben. Diesmal wartete Rudolf aber nicht, bis seine Tochter um Gnade bat, sondern er hörte nach rund zwanzig Hieben von alleine auf.

„Jetzt habe ich noch etwas besonderes für dich", verkündete er seiner Tochter, „denn weil dich Schläge doch so richtig geil machen, bekommt du den letzten Hieb auf deine verdorbene Möse."

Sofort hoben Felix und Theo die Beine der nun um Gnade winselnden, bettelnden und nicht nur wegen der Schmerzen heulenden Claudia an. Während die Männer die Beine spreizten und die Frauen Claudias Oberkörper auf den Boden drückten, nahm Rudolf kurz Maß und lief die breite Seite des Gürtels auf der Muschi seiner Tochter landen. Es war ein präziser Schlag, und obwohl er ihn nur sehr schwach ausgeführt hatte, war Claudias „Auuuuuuuaaaaaaaa!!!!!!!" der lauteste Schrei des Abends.

Kaum war der Hieb verabreicht, ließen alle wie auf ein geheimes Zeichen sofort die Gezüchtigte los. Claudia schrie, wimmerte, und heulte noch ein paar Minuten, wobei sie sich unentwegt die Muschi rieb. Mit zunehmender Dauer verfiel ihr Schmerzgeheul jedoch in lustvolles Stöhnen, und schließlich erlebte Claudia den längsten und intensivsten Orgasmus nicht nur dieses abends, sondern ihres ganzen bisherigen Lebens.

Während ihre Eltern und deren Gäste zum Tisch gingen und ein Glas Wein tranken, warfen vor allem die männlichen Gäste immer wieder verstohlene Blicke auf Claudia. Hatte sie alles gut überstanden? Die Strafe war sehr, sehr hart gewesen, aber hatte sie nicht genau das mit ihrem Verhalten provoziert? Hatte sie nicht mehrfach die Gelegenheit gehabt, das Ganze zu beenden?

Derweil lag Claudia auf dem Fußboden, hielt sich die schmerzende und zugleich vor Lust pochende Muschi und war – glücklich! Ja, tatsächlich, sie war glücklich! Vergessen war ihr Ex-Freund, vergessen die Nebenbuhlerin ebenso wie das müde dahinplätschernde Studium – die Erinnerung an frühere Hiebe und die heutige Bestrafung waren eindeutig besser als eine Studentenparty und eine durchvögelte Nacht mit ihrem Ex. Das von ihr ausgedachte Spiel mit der provozierten Tracht Prügel vor den Freunden ihrer Eltern empfand sie als wunderbaren Erfolg. Vor allem, da sie, die Gezüchtigte, die ganze Zeit über das Heft in der Hand gehabt hatte. Zwar waren ihre Eltern und deren Gäste der Meinung, dass sie gehandelt haben, aber tatsächlich hatte sie, Claudia, alle anderen mit ihrem Verhalten dazu gebracht, ihr die längsten und ausgiebigsten Lustgefühle ihres Lebens zu verschaffen.

Langsam rappelte sie sich wieder auf und warf einen heimlichen Blick auf die Gruppe. Wahrscheinlich hatten jetzt alle ein schlechtes Gewissen und machten sich Vorwürfe. Bestimmt fragten sie sich, ob sie zu hart gewesen waren, was die gedrückte Stimmung erklärte. Claudia beschloss, ein letztes Mal an diesem Abend das Heft des Handelns in die Hand zu nehmen und ihre Eltern sowie die anderen Anwesenden von ihren unnötigen Schuldgefühlen zu befreien. Mit recht wackeligen Beinen erhob sie sich, und bevor jemand herbeieilen konnte, stellte sie sich wieder mit hinter dem Kopf verschränkten Armen in die Ecke.

Die schon auf dem Weg befindlichen Gäste blieben auf halbem Weg zu ihr stehen. Schließlich zogen sie sich leise flüsternd zur Sitzecke zurück. Die Blicke in Richtung von Claudia wurden im Laufe der nächsten Stunden weniger, und schließlich entkrampften sich die Gespräche. Claudia stand, auch wenn es ihr immer schwerer fiel, tapfer in der Ecke – weil sie es so wollte! Nur hin und wieder forderte der Wein seinen Tribut und sie verschwand leise für ein paar Minuten auf der Toilette. Auch wenn niemand etwas sagte, war ihr bewusst, dass sie von allen beobachtet wurde.

Schließlich wurde das Radio eingeschaltet und kurz danach zählte ein Moderator den Countdown bis zum Neuen Jahr. Als die Uhren Mitternacht schlugen und die Feuerwerke begannen, drehte sich Claudia aus ihrer Ecke und sah sich allen Anwesenden gegenüber. Während ihr Vater und ihre Mutter sie umarmten, drückte ihr jemand ein Sektglas in die Hand.

Dann wurde auf Claudia angestoßen, erst danach auf das Neue Jahr.

In dem Trubel bemerkte niemand, wie Felix einen Finger in Claudias feuchte Spalte steckte und ihr zuraunte: „Wenn du mal Probleme mit den Studienleistungen hast, melde dich bei mir. Wir werden dann bestimmt eine Lösung finden, um dir zu besseren Noten zu verhelfen." Dabei begleitete ein komplizenhaftes Zwinkern seine Worte.

Claudia wusste sofort, um welche Art von Hilfestellung es sich handeln würde. Mit wissendem Lächeln hauchte sie ein „Oh, ja, sehr gerne!". Sie ahnte, dass nun die Zeit des studentischen Schlendrians vorbei war und sie sich dem Ernst des Studiums stellen konnte.

Dann ging die Feier ohne besondere Vorkommnisse bis in die frühen Morgenstunden weiter. Aus einer peinlichen Silvesterfeier wurde doch noch eine gute Feier, die für Claudia einen Neuanfang bedeutete. Und niemand störte sich daran, dass Claudia als einzige während der ganzen Feier splitternackt war.

Der etwas andere Dreikampf
1. Die Entstehung einer Idee

Nach dem Abitur begann für mich die Zeit des Studiums. Die Erzählungen im Bekanntenkreis meiner Eltern über die ‚tolle' Studienzeit deckte sich weitestgehend mit den Inhalten diverser Filme, und so ging ich mit gespannter Erwartung (und gespannter Hose) an die Uni. Tatsächlich hatte ich mich für einen Studiengang entschieden, in dem der Frauenanteil recht hoch war – es sollte also ein Leichtes sein, neben dem Lernen viel Spaß zu haben.

Leider währte die Vorfreude nicht sehr lange. Zum einen war die Studienordnung gerade verschärft worden, so dass ich mich unversehens in der Bibliothek als in Kneipen und Cafés fand. Zum anderen musst eich die Erfahrung machen, dass eine Universität ein riesiger Moloch ist, in dem man sich erst einmal zurechtfinden musste. Durch mein Herumirren war ich schnell als Erstsemester entlarvt, und merkwürdigerweise wollten alle Mädchen Typen aus höheren Semestern. Erst später verstand ich die dahinter steckende Taktik.

Während ich also auf den Studentenpartys kaum Alkohol trank, um einen kühlen Kopf beim Klarmachen einer Kommilitonin zu haben, schüttete sich rings um mich herum alles zu. Witze von Betrunkenen sind für die anderen Betrunkenen saukomisch, aber für einen nüchternen Menschen absolut unverständlich. Mein falsches Lachen über die mir unbekannten Pointen entlarvte mich schnell als nüchtern, und bevor ich den Ruf einer Spaßbremse bekommen konnte, zog ich mich etwas zurück. In der Folge war ich zwar bei vielen Partys dabei, aber sobald der Alkoholpegel bei den Feiernden einen bestimmten Grad erreicht hatte, verschwand ich diskret. Leider war diese Verhaltensweise nicht mit dem ersten Semester beendet, sondern hielt auch danach noch an.

Inzwischen war ich im dritten Semester. Nachdem ich mal wieder früher von einer Party gegangen war und noch keine Lust auf meine Bücher hatte, lief ich bei sommerlichen Temperaturen durch die Straßen der Universitätsstadt. Dabei durchschritt ich Wege und Gassen, die mir bisher vollkommen unbekannt waren.

Nachdem ich so einige Zeit durch die Straßen gelaufen war, bekam ich Durst. Also betrat ich kurz entschlossen eine kleine Kneipe, in der ich mir eine Cola bestellte. Es dauerte nicht lange, und eine Frau hatte sich neben mich gesetzt. Ihr Name war Doris und sie war rund zwanzig Jahre älter als ich. Trotz ihres etwas stämmigen Körperbaus sah sie sehr gut aus, und zudem gefiel mir ihre leicht spöttisch-dominante Art. Ich schien ihr auch zu gefallen, denn es dauerte nicht lange und sie machte mir ein eindeutiges Angebot. Damit hatte ich nicht gerechnet und verschluckte mich erstmal an meinem Getränk. Nachdem ich wieder sprechen konnte, nahm ich ihr Angebot sofort an.

Wir fuhren zu ihr nach Hause und ohne viel Federlesen landeten wir im Bett. Es war wie in den Erzählungen und Filmen, nur dass ich keine Studentin, sondern eine Geschäftsfrau in

mittleren Jahren flachlegte. Dass eigentlich ich von ihr ausge-
wählt und vernascht wurde, ist ein eher unwesentliches Detail,
denn in meiner Fantasie war ich der Aufreißer.

Doris ließ mich am anderen Morgen nur gegen das Verspre-
chen gehen, dass ich am Nachmittag wieder bei ihr sein würde. Da Wochenende war, und ich Zeit genug zum Lernen hatte, willigte ich mit Freuden ein.

In den nächsten Wochen trafen wir uns sehr oft. Die Art unserer Beziehung hatte sich auch ein wenig verändert, denn trug
sie anfangs ihre Wünsche als Bitte vor, wandelte sich das
Bitten sehr schnell in Anweisungen, später in Befehle. In meinem Sinnesrausch bekam ich das zunächst nicht mit, aber
irgendwann dämmerte mir, dass sie mich kommandierte. Aber
nicht nur das, auch diverse Aktivitäten wie Oralsex wurden
plötzlich nur noch von mir bei ihr praktiziert. Aber es war trotzdem fantastisch, und um nichts in der Welt hätte ich den Kontakt zu ihr abbrechen wollen.

Nachdem die Vorlesungszeit sich ihrem Ende zuneigte und ich
verstärkt für die Klausuren lernen und zudem zwei Hausarbei-
ten fertig stellen musste, regte sie eine Verlagerung meiner
Studentenbude in ihr Haus an. Groß genug war es ja, und
zudem durfte ich dort mietfrei wohnen. Ohne lange zu überle-
gen, zog ich bei ihr ein.

Nachdem alle Prüfungen beendet waren und ich auf die Ergebnisse wartete, wollte ich wie immer einen Studentenjob
annehmen. Leider war das nicht so einfach, denn angesichts

der vielen Studenten waren Jobs Mangelware, vor allem die guten Plätze bekam man nur durch Beziehungen.

Als ich wieder einmal erfolglos von der Jobsuche heimkam, empfing mich Doris in einem atemberaubenden schwarzen Lederkleid. Zwar hatte sie es schon öfter getragen, aber heute wirkte es noch viel erregender.

„Setz dich, ich will mit dir reden", begann sie nach der Begrüßung.

Mir schwante Böses, und in Gedanken ging ich die letzten Tage durch, aber mir fiel nichts ein, dass ich falsch gemacht haben könnte.

„Ich weiß von deiner erfolglosen Jobsuche, und ich kann dir helfen. Die Frage ist nur, ob du den Job willst."

„Na, und ob!", rief ich, ohne zu wissen, worum es dabei eigentlich ging, „Ich brauche das Geld, denn Fachbücher sind so verdammt teuer."

„Ich weiß. Also gut: Ich will deine Dienste – aber auf eine ganz besondere Art und Weise!"

„Ja, okay", sagte ich. Wollte sie mich für sexuelle Dienste bezahlen? Das wäre absurd, denn ich bediente sie doch schon, wann immer sie wollte und es das Studium erlaubte. Jetzt, in der vorlesungsfreien Zeit, würde ich ihr rund um die Uhr zur Verfügung stehen. Es musste also etwas anderes sein, also fragte ich nach: „Als was willst du mich denn einstellen?"

„Ich will, dass du mir als Sklave dienst."

Ich schluckte, sagte aber nichts.

„Ich bin dominant und mag es, Männer zu demütigen, zu benutzen und zu bestrafen", fuhr Doris fort, wobei ich ein leichtes
Zögern in ihrer Stimme zu bemerken glaubte, „und du bist
jemand, der gerne gehorcht und sich herumkommandieren
lässt. Das habe ich in den letzten Wochen getestet."

Wieder schluckte ich, aber dann ließ ich die letzten Wochen
vor meinem inneren Auge Revue passieren, und mir fiel es
wie Schuppen von den Augen: Sie hatte mich tatsächlich immer offener herumkommandiert, ja, sie hatte mich sogar
schon übers Knie gelegt – was ich für einen besonderen Spaß
hielt, war tatsächlich schon ein weiterer Schritt hin zu meiner
angedachten Rolle als Sklave. Viel wichtiger war aber meine
nächste Erkenntnis: Es hatte mir bisher sehr gut gefallen!

Ich erzählte Doris von meinen Gedanken und von meiner
Selbsterkenntnis. Sie kommentierte es lapidar mit den Worten:
„Du bist zum Dienen geboren."

Konnte das stimmen? Ich musste nachdenken und erbat mir
eine Nacht Bedenkzeit.

In den kommenden Stunden rasten die wildesten und verrück-
testen Gedanken durch meinen Kopf. Trotzdem stand von
Anfang an fest: Ich liebte es, einer Frau zu dienen und zu gehorchen. Es war mir sogar ein Vergnügen, von ihr getadelt
oder bestraft zu werden, denn auch das, so wurde mir nun
klar, hatte Doris bereits mit mir gemacht.

Am anderen Morgen erklärte ich, dass ich ihr Angebot annehmen würde. Sie holte einen bereits fertigen Sklavenvertrag
aus einem Schrank und wir unterschrieben beide. Von nun an

war ich ihr Diener und sie hatte sowohl das uneingeschränkte Erziehungsrecht als auch die vollständige Verfügungsgewalt über mich. Bestimmte Dinge, die ich nicht mochte oder wollte, waren im Vertrag festgehalten, wobei ich die Aufzählung jederzeit erweitern konnte – auch dieses Recht war vertraglich abgesichert. Als Gegenleistung für meine Dienste übernahm Doris alle Kosten, die für mich anfielen, so dass ich ohne BAföG leben konnte, was mir wegen der Pflicht zur späteren Rückzahlung für die Zukunft einen hohen Schuldenberg ersparte. Außerdem bekam ich ein ‚Taschengeld', so dass ich keinen Studentenjob mehr brauchte. Ich konnte mich voll und ganz auf das Studium konzentrieren, und in der übrigen Zeit diente ich meiner Herrin. Natürlich verlief das nicht immer reibungslos, und so manches Mal reichte ein Tadel nicht mehr aus. Dann legte mich meine Herrin übe rund versohlte mir mit der Hand oder einem Strafinstrument den Hintern. Von allen Instrumenten kamen vor allem ihr Ledergürtel, aber mehr noch der Rohrstock zum Einsatz. Anfangs waren das für mich vollkommen neue Erfahrungen, schmerzhafte vor allem, aber es dauerte nicht lange, und ich fand so etwas wie Gefallen daran. Als ich das erkannt hatte, gab es plötzlich immer wieder einen Grund, mich überzulegen, was meine Herrin nur zu gerne tat.

Unsere Abmachung lief so gut, dass wir für die Nachbarn ein, wenngleich vom Alter her ungleiches Liebespaar waren, bei dem wir beide vollkommen gleichberechtigt waren. Aber kaum war die Haustür hinter uns ins Schloss gefallen, begann das Innenverhältnis, und in dem war sie die Herrin und ich ihr unterwürfiger Diener für alle Zwecke und Aufgaben. Wir lebten unsere Neigungen voll aus und genossen die süßen Früchte von Dominanz und Unterwerfung.

Schon recht bald lernte ich ein mit Doris befreundetes Paar kennen: Karl und Anna waren im Alter meiner Herrin, und auch in deren Beziehung waren Karl devot und Anna dominant. Ich merkte schnell, dass die drei schon lange eine verschworene Runde bildeten und freute mich, darin herzlich aufgenommen worden zu sein. Es dauerte nicht lange, und die anfangs ‚normalen‘ Besuche wurden zu Treffen zweier Ladyschaften, deren Diener sie zu umsorgen hatten. Nachdem das gut funktionierte, wurde unsere Kleidung immer weniger, am Ende bedienten Karl und ich vollkommen nackt unsere Herrinnen. Hatte ich mich anfangs noch ziemlich geniert, ließ das angesichts der Herzlichkeit der drei anderen rasch nach. Schließlich machte es mir auch nichts mehr aus, vor Karl und Anna gezüchtigt oder erniedrigt zu werden.

Während die beiden Damen ihre Dominanz intensiv auslebten, wetteiferten Karl und ich schon bald darum, wer der bessere Diener war. Da dank vorhandener Gästezimmer Übernachtungen unproblematisch waren, verbrachten wir manches Wochenende bei Herrin Anna und Karl, die wiederum oft bei meiner Herrin logierten, so dass wir viel Zeit für unseren Wettkampf hatten.

Eines Tages war es wieder einmal so weit: Es waren Semesterferien und ein Besuch von Anna und Karl stand bevor. Es war jedem von uns klar, dass es auf eine weitere Übernachtung hinauslaufen würde. Dementsprechend taten sich unsere beiden Herrinnen am Abend keinen Zwang beim Wein an. Das Ergebnis reichte zwar bei weitem nicht, um die beiden Damen angetrunken erscheinen zu lassen, aber im Falle einer Fahrt mit dem Auto wäre der Führerschein stark gefährdet gewesen. Dass Karl oder ich fuhren, war undenkbar, denn als Diener war es uns beiden streng verboten, das Auto der jeweiligen Herrin zu fahren. Aber das Gästezimmer war ja hergerichtet.

Das Gespräch drehte sich zunächst um das aktuelle Tagesgeschehen, später um die Neuigkeiten aus der Stadt. Irgendwann kam man auf den Sport zu sprechen, und über diesen Weg war man bei der Fußball-Weltmeisterschaft und den Olympischen Spielen.

Im Nachhinein konnte niemand mehr erklären, wie die Themen Enthaltsamkeit und Keuschheit Gesprächsgegenstand werden konnten. Wahrscheinlich entwickelte es sich aus der von Herrin Anna hingeworfenen Bemerkung: „Sportler müssen immer sexuell enthaltsam leben, damit sie Höchstleistungen vollbringen." Plötzlich befanden sich unsere beiden Damen in einem lebhaften Gespräch darüber, und schon bald wurde bekannt, dass sowohl Karl als auch ich schon seit einiger Zeit am Samenerguss gehindert wurden.

Zu fortgeschrittener Stunde war auch unsere befohlene Keuschheit von allen Seiten beleuchtet. Nun war es Zeit für ein neues Gesprächsthema. Plötzlich setzte sich Anna ruckartig aus ihrer halb liegenden Position auf und rief mit vor Begeisterung sprühender Stimme: „Ich habe eine Idee! Veranstalten wir doch einen eigenen Wettstreit!"

„Du willst doch wohl mit mir keinen Wettlauf machen?", ulkte Doris.

„Nein, ich meine einen Wettkampf zwischen unseren Sklaven! Wir brauchen dabei keinen Fuß vor die Tür zu setzen, sondern lassen sie in verschiedenen Disziplinen im Haus gegeneinander antreten."

Jetzt war auch Doris Feuer und Flamme für diese Idee. Karl und ich schauten dagegen etwas betreten drein, denn uns schwante nichts Gutes.

Unsere Herrinnen dagegen waren schon eifrig am Diskutieren, welche Wettkämpfe stattfinden und was für Regeln gelten sollten. Da wir Diener dabei als lästig empfunden wurden, schickte man uns auf den Flur in die Ecke und schloss hinter uns die Tür. Das Eckestehen wurde bei uns nicht nur als Zusatzstrafe verhängt, sondern auch, um auf diese Weise als Diener vorübergehend aus dem Weg geräumt zu werden. Sobald die Herrin uns für irgendetwas brauchte, wurde entweder kurz gerufen oder mit einer Glocke geläutet. Man wusste nie, wann man gerufen wurde, also musste man immer mit halbwachen Sinnen bereit sein, denn ein verspätetes Erscheinen oder gar eine zweite Aufforderung wäre unserem Gesäß nicht gut bekommen.

Als der Befehl „Ab auf den Flur und in die Ecke!" ertönte, beeilten Karl und ich uns mit seiner Ausführung, denn jeder von uns wollte in der Ecke stehen, die der Tür am nächsten lag in der Hoffnung, vorab durch einen Wortfetzen über die kommenden Ereignissen informiert zu sein.. Doch es half nichts, wir konnten trotz aller Anstrengungen nichts Konkretes verstehen. Unsere Herrinnen schienen aber sehr viel Spaß zu haben, denn sie redeten und lachten sehr, sehr viel.

Ich weiß nicht mehr, wie lange wir in der Ecke standen, aber irgendwann wurden wir wieder ins Wohnzimmer gerufen. Wir mussten mitten im Raum niederknien, dann wurde uns das Ergebnis des selbsternannten ‚Sexsportkomitees' eröffnet.

„Die beiden Wettkämpfer, also ihr beiden", begann Lady Anna, „werdet an diesem Wochenende täglich gegeneinander antreten. Da heute Freitag ist", mit einem Blick auf die Uhr vergewisserte sie sich, dass diese Aussage noch stimmte, „bedeutet das insgesamt drei Wettkämpfe. Um welche Disziplin es sich handelt, werden wir euch vor dem jeweiligen Wettkampf sagen, dann erfahrt ihr auch die Regeln."

„Eines steht aber in jedem Fall fest", warf Herrin Doris ein, „der Verlierer erhält noch am Tag seiner Niederlage von seiner Herrin ein Dutzend Stockschläge auf das nackte Gesäß. Das ist allerdings nur das Minimum, denn wir können die Strafe jederzeit erhöhen."

Der Blick, den sie mir dabei zuwarf, war eindeutig: ‚Verlierst du, mache ich dir die Hölle heiß.' Ein schneller Seitenblick zu Anna und Karl zeigte mir, dass er ebenfalls einen solchen Blick von seiner Herrschaft empfing. Er würde sich also ganz gewiss anstrengen und sein Bestes geben, so dass ich mich ebenfalls anstrengen musste. Das konnte ja heiter werden!

Nun fuhr wieder Anna fort: „Da ihr beiden Fußball so gerne mögt und immer die Bundesliga verfolgt, werden wir die in euren Wettkämpfen erzielten Ergebnisse messen und notieren. In zwei Wochen findet dann das ,Rückspiel' bei mir statt, und danach werden die Ergebnisse addiert. Es gilt dann die Europapokalregel. Bis hierhin Fragen?"

Zögernd hob ich den Arm.

„Was willst du?", blaffte mich Doris an.

„Entschuldigung, Herrin, heißt das, dass die Bestrafung erst nach dem ,Rückspiel' stattfinden wird?"

„Unsinn, das könnte euch so passen!", blafften beide Ladyschaften los, „Nein, der Verlierer einer jeden Disziplin erhält für Hin- und Rückspiel separat seine Strafe, dazu kommt die Bestrafung wegen der Gesamtwertung. Wenn einer also viel verliert, ist er ein Loser, und dem werden wir so richtig den Arsch zum Kochen bringen!"

Ich hatte diese Antwort befürchtet, aber nun war es ausgesprochen und damit offiziell. Im Kopf überschlug ich rasch, dass jemand, der alle Wettkämpfe verlieren würde, neun Dutzend Hiebe mit dem Rohrstock empfangen würde. Da war es nur ein sehr schwacher Trost, dass zwischen den ersten drei Dutzend und den letzten sechs Dutzend zwei Wochen liegen würde. Ich hoffte sehr, zumindest ein paar der Wettkämpfe zu gewinnen. Ganz so schlecht würden meine Chancen sicher nicht stehen, denn meine Herrin kannte ja meine Stärken und Schwächen, und die beiden Ladyschaften würden sicher eine ausgewogene Mischung vereinbart haben, bei der abwechselnd mal Karl und mal meine Wenigkeit eine gute Chance auf den Sieg haben würde. Die Gesamtwertung würde dann sicher so etwas wie bei den Bundesjugendspielen sein, bei der ein schwaches Ergebnis durch eine stärkere Leistung in einer anderen Disziplin ausgeglichen werden konnte. Alles in allem eine sehr interessante Idee, die sich unsere beiden Herrschaften ausgedacht hatten. Ich empfand langsam so etwas wie Vorfreude. Diese schlug schnell in gespannte Erwartung um, denn schon kommandierte Doris: „So, ihr beiden Scheißer, jetzt geht es in die Küche zum ersten Wettkampf! Also bewegt eure faulen Ärsche!"

Beim Wort ‚Küche' dachte ich sofort an Kochen. Innerlich stöhnte ich auf, denn weder das Kochen noch die dazugehörigen Hilfsdienste gehörten zu meinen Stärken. Selbst die Kartoffelschalen waren in den Augen von Herrin Doris viel zu dick, weshalb ich nach ihrer Kontrolle jedes Mal Schläge mit dem Kochlöffel bekam. Da ich beim Kochen aus hygienischen Gründen einen Slip tragen durfte, Doris aber das Klatschen auf nackter Haut liebte, mussten bei solchen Gelegenheiten meine Schenkel herhalten. Das war kein Vergnügen, das Gesäß wäre mir als Straffläche lieber gewesen, aber das hatte ich nicht zu entscheiden und Doris hatte keine Lust, mich erst zu entblößen. Außerdem gab es noch viele andere Gelegenheiten, bei denen mein nacktes Gesäß leiden durfte. Warum nur hatte Doris einem Kochwettbewerb zugestimmt, zumal die Damen ja bereits ein üppiges Mahl gehabt hatten, haderte ich mit meinem vermeintlichen Schicksal.

Wie sehr ich mich allerdings in der Art des Wettkampfes getäuscht hatte, sollte ich wenige Augenblicke später erfahren.

2. Der erste Wettkampf: Dynamik

In der Küche angekommen, begannen die beiden Herrinnen sofort, den Küchentisch mit den Blättern einer Küchenrolle abzudecken. Karl warf mir einen fragenden Blick zu, den ich mit einem leichten Kopfschütteln beantwortete. Ich hatte ebenfalls keine Ahnung, was die beiden Damen mit uns vorhatten. Als Doris kurz verschwand und gleich darauf mit einem Zollstock zurückkehrte, wuchs die Irritation bei uns ‚Athleten' nur noch mehr. Der erste Gedanke war natürlich, dass sie unsere Schwänze messen wollten, aber dazu hätten sie uns weder in die Küche führen noch den Küchentisch mit Papier abdecken müssen. Zudem wäre ein solcher Wettbewerb auch etwas unsinnig gewesen, denn beide Ladyschaften kannten uns nicht nur nackt, sondern auch in aufgegeiltem Zustand, wussten also um die Beschaffenheiten. Nein, das wäre ein viel zu offensichtlicher Ausgang gewesen. Aber was wollten unsere Herrinnen dann?

Als hätten die Ladyschaften unsere unausgesprochene Frage geahnt, bekamen wir im nächsten Moment die Antwort: „Die erste Disziplin heißt ‚Dynamik' und ist eine kleine Abwandlung des Weitsprungs. Eure Aufgabe ist es, euch einen runterzuholen und das Sperma so weit wie möglich abzuspritzen. Wer am weitesten spritzt, hat gewonnen. Der Tisch ist die ‚Flug-grube'."

„Das – das Ist nicht wirklich ihr Ernst, Herrin! Wir sollen wirk-lich auf den Küchentisch spritzen?"

„Allerdings, deshalb haben wir ihn ja auch für euch abgedeckt, damit ihr die Tischplatte nicht beschmutzen könnt", nickte Doris sehr ernst, während mich ein stechender Blick wie von tausend Nadeln traf. Sie mochte keine Widerworte, und offen-sichtlich hatte sie meine Frage als solche empfunden. Ich wusste nun, dass sie die ganze Wettkampfgeschichte sehr ernst nahm und ich besser nicht versagen sollte. Denn der vorhin geäußerte Nebensatz, dass die Strafe je Disziplin nur das Minimum sei und beliebig erhöht werden könnte, erschien mir nun wie eine versteckte Drohung meiner Herrin. Eine leichte Beklemmung machte sich in mir breit, und als das Kommando zum Aufstellen kam, nahm ich meine ‚Startpositi-on' mit einem flauen Gefühl im Magen ein. Trotz dieser nicht gerade onanierfreudigen Voraussetzungen wollte ich mein Bestes geben und unbedingt gewinnen. ‚Schade für Karls Gesäß', dachte ich, denn Herrin Anna konnte sehr hart zu-schlagen, aber besser er bekam die Strafe als ich. Angesichts des Blickes von Herrin Doris war es pure Notwehr, egoistisch zu denken.

Während mir all diese Gedanken durch den Kopf gingen, nahmen die beiden Ladyschaften Maß an unseren Schwän-zen, denn die Länge des Schaftes sollte bei der Ermittlung der Weite nicht berücksichtigt werden. Wie sie das genau anstellen wollten, blieb mir ein Rätsel, denn schließlich konnten wir uns im Moment des Abspritzens etwas nach hinten beugen, um das Glied weiter nach vorne zu bringen. Trotzdem waren sich die beiden ‚Schiedsrichterinnen' schließlich einig geworden und hatten das, was beim Weitsprung der Absprungbalken ist, für Karl und mich festgelegt. Nun traten sie an jeweils eine Längsseite des Tisches und es wurde für uns ‚Athleten' ernst.

„Herrin Doris wird als Gastgeberin das erste Spiel starten." erklärte Herrin Anna, „Auf das Kommando ‚An die Schwänze – wichst – los' kommt ihr beiden sofort zur Sache. Wer nicht innerhalb von fünf Minuten abgespritzt hat, wird disqualifiziert. Spritzt keiner von euch ab, bekommt ihr beide jeweils zwei Dutzend Stockschläge auf eure nackten Ärsche. Also strengt euch an!"

Damit stand fest, dass der Rohrstock heute auf jeden Fall zum Einsatz kommen und ein Unentschieden weder Karl noch mich vor ihm retten würde. Die Frage war nur, wen es mit wie vielen Schlägen erwischen würde. Ich musste also unbedingt abspritzen, was angesichts des von Herrin Doris aufgebauten psychischen Drucks nicht einfach war. Zudem musste mein Saft weiter fliegen als der von Karl. Ich wusste, dass er einen großen Schwanz hatte und ein guter Deckhengst war, deshalb blieb mir nur die Hoffnung auf den Altersunterschied. Trotzdem war ich bei genauer Betrachtung eher der Außenseiter, aber ich wollte mein Gesäß so gut wie möglich verkaufen.

Als ich sah, dass Karl Aufstellung nahm, trat ich neben ihn. Nun war es ratsam, mich voll und ganz auf den Wettkampf zu konzentrieren und alle Gedanken, die meiner Geilheit abträglich sein könnten, zu verdrängen. Verstohlen blickte ich zu meiner aufreizend gekleideten Herrin hinüber und stellte mir vor, wie ich ihr hingebungsvoll dienen und insbesondere ihre herrschaftliche Lustgrotte lecken würde. Sofort wurde mein kleiner Freund wach und richtete sich hoch auf. Ein kurzer Seitenblick zu Karl bewies, dass er auch schon voll und ganz auf den bevorstehenden Wettkampf konzentriert war. Hoffentlich würde niemand von uns einen Frühstart verursachen!

Wieder war es, als könnten unsere Herrinnen Gedanken lesen. Doris begann mit lauter Stimme das Kommando zu geben: „An die Schwänze!"

Sofort griff ich an mein Glied, schloss die Augen und dachte an die vielen wunderbaren Momente, die ich mit ihr erleben durfte.

Dann kam auch schon das restliche Kommando: „Wichst – los!"

Sofort begann meine linke Hand mit Wichsbewegungen, während die Rechte meinen nackten Juwelensack streichelte. Ich spürte, wie die Mischung aus erregenden Gedanken und zärtlichen Berührungen meine Geilheit noch weiter zum Ansteigen brachte. Rauf und runter fuhr die Hand, immer im gleichen Rhythmus, während die Szenen in meinem Kopfkino heißer und wilder wurden. Gleichzeitig verstärkte ich den Druck auf meinem Sack, und mein Schwanz wuchs in die

Höhe und schwoll an. Ich würde abspritzen, eine Disqualifikation brauchte ich ab diesem Moment nicht mehr zu befürchten.

Frei von der Furcht vor dem Schlappmann rasten meine Gedanken in immer wildere Szenen hinein, die Hände arbeiteten und mein Keuchen wurde immer heftiger – bis ich schließlich nicht mehr konnte und mit einem lauten Stöhnen meinen Samen quer über den Tisch schoss. Während ich noch mehrmals zuckte, registrierte ich die Ejakulation von Karl. Auch sein Saft schoss aus ihm heraus und wurde auf die Tischplatte geschleudert.

Es dauerte einen Moment, bis ich wieder im Hier und Jetzt angekommen war. Noch immer heftig atmend nahm ich das Papiertuch, das mir Herrin Doris wortlos reichte. Auch Karl säuberte seinen Schaft. Dann traten wir Athleten an die Fußseite des Tisches und schauten uns die Weite an. Auch ohne Messung war mit bloßem Auge zu erkennen, dass Karl weiter gekommen war als ich. Es dauerte einen Moment, bis diese Information von meinem Gehirn verarbeitet war, aber dann dämmerte mir, dass ich die ersten Verliererhiebe bekommen würde.

Die Herrinnen ließen es sich trotz des offensichtlichen Ergebnisses nicht nehmen, mit dem Zollstock genau nachzumessen. Danach ging es zurück ins Wohnzimmer, wo Herrin Doris das offizielle Ergebnis verkündete: „Athlet Karl hat es geschafft, seinen Geilsaft 40,2 Zentimeter weit zu spritzen. Dort landete zwar nur ein Tropfen, während die Masse bei rund 32 Zentimetern landete, aber der weiteste Spritzer zählt. Athlet

Andreas dagegen", nun wurde ihre Stimme etwas kälter, „hat es mit dem weitesten Spritzer auf 32,5 Zentimeter gebracht, das meiste Sperma landete bei 23 Zentimetern. Damit heißt der Sieger im Wettkampf ‚Dynamik' ganz eindeutig: Karl! Herzlichen Glückwunsch!"

Karl nahm mit deutlich sichtbarer Erleichterung die Glückwünsche von Doris und danach die wesentlich intensiveren von seiner Herrin entgegen. Dagegen stieß mir Doris ihren Ellenbogen unsanft in den Rücken, und nach einem kurzen Moment verstand ich ihre Aufforderung. Artig gratulierte ich Karl zu seinem Sieg.

Als die Gratulationsrunde vorüber war, rief Herrin Anna fröhlich: „Und nun wollen wir zusehen, wie dem Verlierer der Hintern versohlt wird." Sie schien sich tatsächlich auf die bevorstehende Züchtigung zu freuen, aber vielleicht lag das auch an ihrem Siegestaumel.

„Hol sofort den Stock!", blaffte mich Doris an.

Ich beeilte mich, dieser Aufforderung nachzukommen. Der Befehl war noch nicht ganz im Raum verhallt, als ich ihr das Strafinstrument mit gesenktem Kopf überreichte.

Wortlos klopfte sie mit dem Stock auf die Sofalehne. Ich wusste, dass ein Zögern nur strafverschärfende Wirkung haben würde, zumal mir ein rascher Blick in ihre Augen zeigte, dass sie wegen Karls Sieg sauer war. Offensichtlich hatte sie mir einen Sieg zugetraut und war nun nach meinem Versagen angefressen. Also beeilte ich mich, die befohlene Position einzunehmen. In der Vergangenheit hatte ich schon oft ein

Dutzend Hiebe empfangen, deshalb war ich mir sicher, die Bestrafung auch heute problemlos überstehen zu können.

Dachte ich zumindest. Nur war diesmal einiges anders: Herrin Doris war sauer, und das war kein gespielter, sondern ein tatsächlicher Ärger. Zudem wollte sie mir zeigen, was mich erwarten würde, wenn ich die nächsten beiden Wettkämpfe ebenfall verlieren würde. Offensichtlich war sie in Sorge, dass Anna sie wegen ihres leistungsschwachen Sklaven auslachen würde – und ihr das zudem noch monatelang unter die Nase reiben würde. Erst jetzt wurde mir bewusst, dass es für Doris und Anna um Prestige ging, und Karl und ich dabei die Erfüllungsgehilfen waren. Aber nun war der erste Wettkampf vorüber und von mir verloren, also würde ich die erste Strafe empfangen. Aber wie würde sich der Prestigewettkampf auf die Schlagintensität auswirken?

Nun, auf die Antwort brauchte ich nicht lange zu warten, denn schon sauste der Rohrstock zum ersten Mal pfeifend auf mein nacktes Gesäß nieder und stanzte eine rote Strieme in die weiche Haut. Ich riss vor Schmerz den Mund auf, dann blieb mir einen Moment die Luft weg. Als mein Gehirn wieder funktionierte, spürte ich den Schmerz, der durch meinen Körper raste, und die Hitze, die mein Hinterteil zu verbrennen drohte. Herrin Doris hatte mit voller Wucht zugeschlagen, was sie sonst nie tat, zumindest nicht vor den letzten drei Hieben. Das bestätigte meine Theorie über ihr angeknackstes Ego wegen meiner Niederlage! Nur half mir das nichts, denn nachdem ich mich von dem ersten Schlag halbwegs erholt hatte, traf mich der nächste Hieb mit der gleichen Härte.

Trotz meiner sofort einsetzenden Reaktion bemerkte ich eine Bewegung auf dem Sofa und erkannte, dass sich Karl zu mir setzte und mich festhielt. Es war nicht zu erkennen, ob er aus eigenem Antrieb handelte oder von jemandem einen entsprechenden Befehl erhielt, aber für mich verhieß das nichts Gutes, denn nun war klar, dass alle Hiebe sehr hart geführt wurden.

Und richtig: Der dritte Hieb traf den Übergang von Po und Schenkel, eine besonders schmerzhafte Stelle. Ich Heulte sofort auf und wand mich hin und her. Karl hatte Mühe, mich in der Strafposition zu halten. Diesmal dauerte es auch deutlich länger, bis ich mich wieder halbwegs beruhigt hatte.

Dann ging es mit unverändert harter Intensität weiter. Hieb auf Hieb wurde mir hinten aufgezählt, während die Schmerzen mein Gehirn vernebelten und mein ganzes Hinterteil in Höllenflammen zu stehen schien. Karl musste immer größere Mühe aufbringen, um mich unten zu halten. Mein Gejaule wurde ebenfalls immer lauter, bis mir Herrin Anna ihren Slip in den Mund steckte. Ich spürte die Feuchtigkeit des Stoffes und erkannte, dass sie aufs Höchste erregt war. Dass sie trotzdem erlaubte, dass Karl mich festhielt anstatt ihn zu Leckdiensten heranzuziehen, war ein herrlicher Gunstbeweis.

Während ich nach jedem Hieb meinen Liegendtanz aufführte, fand ich hin und wieder Zeit, einen Blick hinüberzuwerfen:

Herrin Anna hatte ungeniert ihren Rock hochgeschoben und spielte an ihrer Liebeshöhle herum.

Der Rohrstock leistete inzwischen ganze Arbeit. Als es endlich vorbei war, bemerkte ich das zunächst nicht mal, so sehr war ich in einer Wolke von Schmerz und Höllenfeuer gefangen. Ich merkte auch nicht, wie Karl mich losließ und sich vom Sofa erhob.

Es dauerte eine ganze Weile, bis ich wieder halbwegs klar denken konnte. Leider ging das meiner Herrin nicht schnell genug, weshalb sie mir einen, zum Glück etwas leichteren, Hieb über die Rückseite der Schenkel zog: „Hoch, du Loser, aber auf der Stelle! Und dann bedank dich gefälligst auf anständige Weise für den erhaltenen Verliererlohn!", donnerte sie mich an.

Stöhnend erhob ich mich vom Straflager und sagte artig meinen Dankesspruch auf.

„Marsch ins Bett, damit du morgen frisch bist und gewinnst!"

Mit einem gemurmelten „Ja, Herrin" zog ich mich zurück. Ich nahm mir fest vor, den zweiten Wettkampf zu gewinnen! Was auch immer es war, ich musste für Herrin Doris siegen! Außerdem wollte ich nicht nochmals eine Tracht Prügel kassieren – das angesprochene Minimum von einem Dutzend ließ es mir ausgesprochen ratsam erscheinen, auf jeden Fall zu gewinnen, denn nach den harten Schlägen von heute zweifelte ich nicht daran, dass meine Herrin bei einer weiteren Niederlage das Strafmaß erhöhen würde.

Mit diesen Gedanken ging ich zu Bett, allerdings nicht in das, was ich mir mit Herrin Doris teilen durfte. Damit eine Herrin ihrem Sklaven keine Tipps wegen des nächsten Wettkampfes geben konnte, mussten Karl und ich bei der jeweils anderen Herrin schlafen. Herrin Anna verbot mir sogleich das Schlafen im Bett, und so verbrachte ich die Nacht mit einer Decke vor ihrem Bett. In Bauchlage lag ich noch lange wach, obwohl ich mich redlich bemühte, endlich einzuschlafen. Die Nacht war schon weit fortgeschritten, als ich endlich in einen unruhigen Schlaf fiel. Was wohl der nächste Tag bringen würde? Und vor allem: Was würde die zweite Wettkampfdisziplin sein?

3. Der zweite Wettkampf: Geschicklichkeit

Am nächsten Morgen wurde ich von Herrin Anna unsanft mit ein paar Gürtelhieben auf den Rücken geweckt. Stöhnend erhob ich mich, und sofort spürte ich das Spannen der Striemen auf meinem Gesäß.

„Los, du Faultier, bereite mein Bad vor!", herrschte mich die Lady an, und sofort machte ich mich an die Arbeit. Da ich nicht genau wusste, was sie an Vorarbeiten von mir erwartete, bekam ich ein paar Ohrfeigen und ein paar kräftige Klapse auf meinen verstriemten Po, was mir ein paar laute Schmerzensschreie entlockte. Endlich war aber alles zu ihrer Zufriedenheit erledigt. Später trafen wir uns alle vier am Frühstückstisch. Karl und ich bedienten nun wieder unsere jeweils eigene Herrin, wobei Karl einen Slip trug, während ich nackt bleiben musste, damit alle ständig meine Striemen bewundern konnten. Sie ernteten manches anerkennende Nicken und ich so manches höhnisches Grinsen.

Als sich das Frühstück dem Ende zuneigte, bekamen Karl und ich die Erlaubnis zum Faulenzen. „Ruht euch aus, der zweite Wettkampf steht bevor, dafür werdet ihr eure Kräfte brauchen", orakelten die Ladyschaften.

Bis zum Nachmittag ruhten wir uns also aus und rätselten dabei, welche Disziplin sie als nächstes für uns festgelegt hatten. Angesichts der gewährten Ruhepause spekulierten wir mit etwas, dass viel Kraft erfordern würde. Am Ende hatten wir zwar mehrere Dinge zur Auswahl, aber wirklich passend fanden wir nichts. Bei alldem belastete mich zudem die Frage, wie sich meine gestrige Züchtigung auswirken würde, denn sie zu ertragen hatte mich viel Kraft gekostet.

Schließlich hatte das Spekulieren aber ein Ende, denn unsere Herrinnen riefen uns endlich zum Wettkampf. Als wir das Wohnzimmer betraten, sahen wir eine in der Raummitte mit Decken abgedeckte Fläche. Unsere beiden Dominas saßen auf dem Sofa, von wo sie einen guten Blick auf die Raummitte hatten. Neben jeder von ihnen standen auf einem kleinen Beistelltisch Weinflaschen, ein Glas und Knabberzeug. Das ganze ähnelte an eine Mischung aus Stadion- und Kinobesuch.

Karl und ich warfen uns Blicke zu – sollten wir etwa miteinander ringen?

Gleich darauf bekamen wir unsere Antwort: „Ihr beiden seid zwei süße Hetero-Sklaven, und als Männer haltet ihr euch bestimmt für äußerst potent. Aber wir wollen wissen, wie potent und geschickt ihr seid! Also werdet ihr euch in die 69er-Stellung begeben und gegenseitig eure Schwänze lutschen und die Eier verwöhnen. Wer zuerst abspritzt, hat verloren. Natürlich gilt auch hier wie schon beim ersten Wettkampf: Spritzt keiner von euch ab, bekommt ihr beide eure nackten Ärsche versohlt, und zwar mit drei Dutzend Hieben. Wir sind schon sehr gespannt, wie ihr beiden Heteros euch als Homos machen werdet."

Beide Damen brachen in schallendes Gelächter aus, wahrscheinlich glaubten sie, einen guten Witz gemacht zu haben. Karl und ich standen dagegen etwas verlegen herum, keinem von uns schien diese Wettkampfdisziplin zu behagen. Dennoch setzte irgendwann mein logisches Denken ein: Die beiden Herrinnen würden auf der Durchführung dieses Wettkampfes bestehen, denn eine Änderung der Disziplin würde in ihren Augen einer Niederlage gleichkommen, die sie gegen uns, ihre Sklaven, erlitten hätten. Das würden die beiden niemals zulassen und uns im Falle eines Verweigerns sehr hart bestrafen! Nein, wir mussten uns gegenseitig einen blasen, daran würden wir nicht vorbeikommen.

In Gedanken versuchte ich, mich mit dem Durchführen eines Blowjobs bei einem Mann anzufreunden. Zwar musste ich in der Vergangenheit bei zwei oder drei Gelegenheiten mal einen Penis in den Mund nehmen, aber ich brauchte ihn nicht zu lutschen, nur für kurze Zeit im Mund behalten. Inwieweit unterschied sich das Blasen eines Schwanzes vom Lecken einer Möse? Gab es für männliche Glieder eine andere Technik? Das wäre logisch, denn immerhin haben wir im Gegensatz zu Frauen einen Sack, der unbedingt einbezogen werden muss.

Ich dachte daran, wie ich onaniere, und versuchte aus diesen Gedanken Rückschlüsse auf die beste Vorgehensweise meiner Zunge zu ziehen. Ob Karl das Gleiche wie ich gerne mochte, blieb abzuwarten.

Viel Zeit zum Zurechtlegen einer Strategie blieb mir allerdings nicht mehr, denn schon ertönte der Befehl zum Einnehmen unserer Position. Wir legten uns also in der 69-Position auf den Boden. Es dauerte etwas, bis wir uns zurechtgefunden hatten, aber dann waren wir endlich soweit und mein ‚Sportinstrument Schwanz' befand sich vor Karls Gesicht, während ich seine Genitalien genau vor meinem zweiten ‚Sportgerät', dem Mund hatte. Ich korrigierte meine Lage noch etwas, bis mein Mund genau neben Karls Sack war.

Offensichtlich wechselten sich die Ladyschaften mit dem Geben der Kommandos ab, denn diesmal war es Herrin Anna, die das Startkommando gab: „An die Schwänze!"

Ich packte Karls schlaffes Glied und spürte, wie er nach meinem griff.

„Lutscht – los!"

Wie durch einen Nebel hörte ich das Gelächter der beiden Frauen, während ich Karls Sack liebevoll küsste und gleich darauf sanft mit meiner Zunge an ihm entlangfuhr. Entgegen meiner Hoffnung zeigte er noch keine Reaktion. Also wendete ich mich seinem Schwanz zu und küsste diesen. Dann leckte ich mit meiner Zunge an ihm, und endlich fühlte ich seinen Speer etwas wachsen. Sofort widmete ich mich mit ganzer Intensität dem Schaft, und während meine Zunge daran heiß und fordernd auf und nieder fuhr, knetete ich mit der anderen Hand sanft seinen Sack.

Obwohl ich mir einbildete, äußerst konzentriert zu Werke zu gehen, ließ meine Achtsamkeit schließlich etwas nach. Wahrscheinlich war das meiner Unerfahrenheit geschuldet. Jedenfalls spürte ich in genau diesem Moment der Unachtsamkeit Karls Zunge auf eine besondere Weise mit meinen Eiern spielen. Ich registrierte seine großartige Gewandtheit beim Lecken! Wow, was waren das für Gefühle, die er in mir auslöste! Mein Schwanz richtete sich auf, und obwohl ich sofort an Eiswasser, Kälte und Schnee dachte, um die Erektion wieder zum Einsturz zu bringen, hatte ich damit nur einen sehr begrenzten Erfolg. Dafür hatte Karl nun einen Vorteil: Durch das kurze Genießen seiner Leckkünste hatte ich für nur wenige Sekunden meinen eigenen Blasauftrag vergessen und war untätig geblieben. Karls ohnehin nur ansatzweise vorhandene Erektion war sofort in sich zusammengefallen, so dass ich praktisch von vorne beginnen musste. Da ich nun aber die Wirkung seiner Leckkünste gespürt hatte und um die davon ausgelösten schönen Gefühle wusste, war ich innerlich abgelenkt und genoss immer wieder seine Arbeit, wodurch ich aber meine Arbeit weniger intensiv ausführte.

Gerade, als ich mich zusammenreißen und mich wieder intensiv seinem Schwanz und seinem Sack widmen wollte, spürte ich den Geilsaft in mir aufsteigen. Nun führte ich plötzlich einen erbitterten Zwei-Fronten-Kampf: Zum einen musste ich meine Erektion bekämpfen und das Sperma in meinem Körper zurückdrängen, zum anderen musste ich endlich bei Karl einen anständigen Ständer erzeugen, um die Chance auf sein Abspritzen zu bekommen.

Aber immer wieder brachte mich Karls Blowjob-Arbeit zum Stöhnen. Wenn es auch nur leichte und unterdrückte Laute der Wollust waren, so unterbrach jeder einzelne davon meine eigenen Bemühungen an seinem Glied. Karl gewann dadurch einen immer größeren Zeitvorsprung, den er zur Verstärkung meiner Geilheit und meiner Erektion nutzte. Es dauerte dann auch nicht mehr lange, bis ich mehr Kraft auf das Verhindern meines eigenen Abspritzens denn auf das Herbeiführen von Karls Ejakulation verwenden musste. In einem lichten Moment wurde mir klar, dass ich wieder verlieren würde, denn Karl brachte mich nun rasant dem Punkt ohne Wiederkehr näher, ohne dass ich noch länger zu nennenswertem Widerstand fähig war. Zwar hielt ich noch immer mit einer Hand seinen Sack umfasst, aber sein Schaft war mir längst entglitten. Stöhnend vor Geilheit wurde ich zu Wachs unter den feuchten, heißen und vor allem so geilen Berührungen von seiner Zunge und seinem Mund.

Karl schien zu merken, dass ich soweit war. Er beschloss, mich nun rasch fertig zu machen und begann, meine Eier intensiv zu kraulen, während mein Glied in seinem Mund ein- und ausfuhr. Es war ein komisches und doch so tolles Gefühl – vor lauter Lust vergaß ich, dass es ein Mann war, der mich gerade zum Höhepunkt leckte... Und der Höhepunkt ließ sich nicht mehr zurückhalten, mit einem lauten Stöhnen explodierte mein Schwanz und schleuderte sein heißes Sperma heraus. Karls Mund fing alles auf und er schluckte, schluckte, schluckte... Es war unglaublich, welche Menge an Geilsaft meine himmlisch verwöhnten Eier produzierten, und mit welcher Geschicklichkeit Karl selbst den kleinsten Tropfen auffing und gierig einsaugte.

Endlich ebbte mein Spermastrom ab und versiegte schließlich ganz. Erschöpft lag ich auf dem Boden, und obwohl sich Karl längst erhoben hatte und von seiner Herrin gefeiert wurde, spürte ich seine Zunge noch immer an meinen Genitalien.

Schließlich kehrten die Lebensgeister in mich zurück. Langsam öffnete ich die Augen – und blickte geradewegs in die zornig funkelnden Augen meiner Herrin. Mit einem Schlag war ich hellwach und mir wurde nun erst wirklich bewusst, dass ich erneut verloren hatte.

Herrin Doris machte nicht viel Federlesen, sondern zog mich am Ohr nach oben. Kaum stand ich, empfing ich zwei harte Ohrfeigen, dann stieß sie mich in Richtung Tür: „Wasch dich, du Schwein!"

Ich beeilte mich, diesen Befehl auszuführen, denn er brachte mich zumindest vorerst aus ihrer Reichweite. Vielleicht würde sie sich in der Zeit meiner Dusche etwas beruhigen. Mir war klar, dass das ein frommer Wunsch war, aber die Hoffnung stirbt ja bekanntlich immer zuletzt.

Nach einer intensiven Dusche betrat ich wieder das Wohnzimmer. Da Karl im Gästezimmer unter die Dusche gehen sollte und noch nicht zurück war, bezog ich von meiner Herrin zwei weitere Ohrfeigen und wurde dann in die Ecke befohlen. Auf dem Weg dorthin machte sie mir mit ein paar Stockschlägen Beine. Sie war richtig sauer. Das versprach eine verdammt schmerzhafte Züchtigung für mich zu werden. Dabei sah mein Gesäß von gestern noch böse aus und ich fürchtete, dass es nach der nun bevorstehenden Wucht noch viel schlimmer sein würde.

Damit sollte ich nur allzu recht behalten, denn nachdem Karl endlich wieder im Zimmer war, wurde er von beiden Ladyschaften wegen seines großartigen Talents zum Blasen überschwänglich gelobt. Ich musste mir die Lobesarie in meiner Ecke anhören, und je mehr meine Herrin den Karl lobte, desto mehr Schmerzen verhieß mir das in der nächsten Stunde.

Endlich war die ‚Siegerehrung' vorüber. Karl durfte mit einem Glas Wein und etwas Knabberzeug auf dem Sofa Platz nehmen. Währenddessen musste ich aus meiner Ecke kommen. Bevor ich die Strafposition von gestern einnehmen musste, bekam ich noch eine Strafpredigt von Herrin Doris zu hören: „Du dämliches Schwein hast schon wieder verloren! Die zweite Niederlage, dabei war es doch so einfach: Etwas Selbstbeherrschung von deinem Schwanz und gleichzeitig ein ordentlicher Einsatz von deinem Mund und deiner Zunge. Aber nein, du kannst dich weder beherrschen noch kannst du einen Schwanz richtig lutschen! Du bist schlicht zu doof zum Blasen! Aber dafür werde ich dir jetzt die Flötentöne beibringen!"

Ich stand die ganze Zeit mit gesenktem Kopf da und schwieg. Was hätte ich auch zu meiner Verteidigung sagen sollen? Meine Niederlage war ja für alle deutlich sichtbar gewesen.

Schon fuhr Herrin Doris fort: „Du bekommst ein Dutzend Hiebe wegen der Niederlage, aber da du am Ende nur noch deine Geilheit genossen und nicht mal mehr versucht hast, Karl einen zu blasen, bekommst du ein weiteres Dutzend Hiebe wegen mangelnder Sorgfalt."

Mein Erblassen war geradezu fühlbar. Zwei Dutzend Stockschläge auf mein ohnehin schon verstriemtes Gesäß versprachen die Hölle zu werden. Ja, meine Herrin war stinksauer.

Aber es kam noch schlimmer, denn schon fuhr sie fort: „Weil du deine Eier nicht im Griff hattest, werde ich dafür sorgen, dass du sie nun spüren wirst. Ich weiß, dass du keine Gewichte an deinem Sack magst, aber genau deshalb werde ich dir ein hübsches Pack an ihn hängen – wenn du dann unter den Hieben strampelst, wird es hin und her schwingen und dich an das Versagen deiner Eier erinnern."

Es folgte ein böses, höhnisches Lachen. Obwohl mir vor Schreck die Beine wegzuknicken drohten, stand ich dennoch weiterhin halbwegs aufrecht vor meiner Herrin.

Es dauerte aber nur einen Moment, dann wurden meine Arme von Herrin Anna festgehalten, während meine Domina die erforderlichen Utensilien von einem hinteren Tisch holte und alles fachkundig anbrachte. Nun wurde mein Sack von einem Tropfengewicht nach unten gezogen. Ich wusste nicht, wie viel Gramm es wog, und ich wollte es auch nicht wissen. Meine Gedanken kreisten nur darum, wie ich möglichst regungslos die zwei Dutzend Hiebe überstehen sollte. Dass Herrin Doris besonders schmerzhaft durchziehen würde, war mir seit gestern klar, aber dieses Wissen erleichterte mit Blick auf das Gewicht nicht gerade die Problemlösung.

Nachdem ich nunmehr vorbereitet war, musste ich den Oberkörper auf die Rücklehne eines Sessels legen. Karl tauchte in meinem Blickfeld auf, offensichtlich von einer Domina herangewinkt, und hielt mich wie schon am Vortag fest. Dann ging es los…

Obwohl ich mir felsenfest vorgenommen hatte, mich so wenig wie möglich zu bewegen, wollte Herrin Doris das Gegenteil erreichen und möglichst heftige Bewegungen von mir auslösen. Entsprechend hart waren die ersten drei Hiebe, die sie mir ohne große Pausen auf meine ohnehin schon malträtierte Kehrseite aufzählte. Mein guter Vorsatz des Stillhaltens war schon beim ersten Hieb nur bedingt einzuhalten, aber schon nach dem zweiten Hieb war er obsolet. Ich japste nach Luft und wusste nicht, was ich machen sollte: Still liegen konnte ich nicht, weil die Schmerzen schier unerträglich waren, aber die kleinste Bewegung brachte das blöde Gewicht zum Schwingen und ich fürchtete, dass es mir den Sack abreißen würde. Die Schmerzen und das Höllenfeuer fraßen sich in mein Gehirn und zerstörten all die guten Vorsätze. Irgendwann ging es nicht mehr anders, und nun wackelte meine Kehrseite immer heftiger umher, was das Gewicht in immer unangenehmere Schwingungen versetzte. Zu den Schmerzen kam die panische Angst hinzu, dass mein Sack durch das immer heftiger werdende Strampeln und die wilde Bewegung des Gewichts abreißen könnte. Zwar war mir in der hintersten Ecke meines Hirns klar, dass meine Herrin das niemals zulassen würde, aber die Angst und die vom Gesäß ausgehenden Schmerzen verdrängten all das logische Denken, das man als Student tagtäglich anwenden musste.

Nachdem ich die ersten drei Schläge ziemlich schnell hintereinander kassiert hatte, ließ meine Herrin es nun etwas langsamer angehen. Sie wartete, bis ich mich beruhigt hatte und das Gewicht weitestgehend zum Stillstand gekommen war. Dann setzte es den nächsten Hieb. Sofort bewegte ich mich ziemlich hektisch, ebenso das Gewicht. Doch weil es nur ein Stockschlag war, konnte ich mich schneller sammeln, während das Gewicht langsam auspendelte. Dadurch verlängerte sich zwar der zeitliche Aufwand für meine Bestrafung, aber auch wenn ich dadurch alle Schmerzen je Hieb bis zur Neige auskosten musste, gab es mir ein Gefühl der Beruhigung, weil sich das Gewicht jetzt nicht mehr so intensiv wie bei den ersten, schnell hintereinander ausgeführten Hieben bewegte. Trotzdem war es für mich extrem unangenehm.

Es folgte nun in langsamen Abständen Hieb auf Hieb, und trotz dieser Rücksichtnahme wurde meine Situation immer schlimmer. Ich bat sogar um Gnade, aber insgeheim wusste ich, dass ich die nicht bekommen würde.

Als das erste Dutzend Hiebe aufgezählt war, gönnte mir meine Herrin eine kleine Ruhepause. Die hatte ich auch bitter nötig! Gerade als ich hoffte, dass auch sie etwas erschöpft sein und vielleicht die nächsten Schläge nicht mehr ganz so intensiv durchziehen würde, reichte sie den Rohrstock an Lady Anna weiter. Nun schwante mir Schlimmes, denn Anna war nicht nur etwas kräftiger als Doris, sondern auch in ihrer Grundeinstellung viel strenger und härter – und genau das bekam ich jetzt zu spüren!

Kaum lag ich wieder in meiner Strafposition, traf mich der erste Hieb von Herrin Anna und raubte mir fast den Atem! Er zog so fürchterlich durch, dass ich mich fragte, wie ich elf weitere Schläge von dieser Sorte aushalten sollte! Aber ich hatte keine Wahl, denn Karl hielt mich mit eisernem Griff am Sessel fest, so dass nur mein Unterleib strampeln und wackeln konnte. Das versuchte ich natürlich wegen des Gewichts zu verhindern, aber dieses Vorhaben erwies sich als aussichtslos: Herrin Anna schlug hart zu, deutlich härter als meine Herrschaft, und so bettelte ich schließlich immer lauter um Gnade.

Herrin Anna hielt inne und wandte sich an Doris: „Was meinst du?"

„Nichts da!", fauchte diese, „Der Kerl hat schon wieder versagt und verloren, dem muss das Fell gegerbt werden, bis er Rotz und Wasser heult! Wenn ich ihm stattdessen nur zwei Dutzend Hiebe zugesprochen habe, ist das als Wohltat genug!"

„Wie du meinst", erwiderte Anna grinsend, dann setzte sie ihr Werk fort.

In der nächsten halben Stunde gellte mein ununterbrochenes Jaulen durch das Zimmer, das schließlich durch den Slip meiner Herrin gedämpft wurde. Auch ihr Höschen war, wie schon gestern das von Lady Anna, klatschnass. Offensichtlich genoss sie das Schauspiel und weidete sich an meinen Schmerzen, die Labsal für ihre gekränkte Ehre waren. Immerhin verstand ich es nun immer besser, statt mit der Kehrseite wild zu wackeln, um das Höllenfeuer der Stockhiebe zu löschen, nach jedem Hieb sanft in die Knie zu gehen und die Beine etwas zusammenzupressen. Auf diese Weise verhinderte ich, dass das Gewicht in allzu große Schwingungen geriet und meine mehr als ungemütliche Lage noch verschärfte. Die Ladyschaften hatten mein Manöver mit Sicherheit durchschaut, aber sie ließen mich gewähren. Die bereits in meinem Inneren aufgestiegene Panik legte sich etwas, aber dennoch bewegte sich die Sorge, dass mein Sack bei einer zu heftigen Bewegung doch noch abreißen könnte, unentwegt in meinem Kopf.

Hieb auf Hieb setzte es, mir wurde kein einziger erlassen. Karl musste all seine Kraft aufbringen, um mein Aufspringen zu verhindern.

Dann war es endlich überstanden! Anna platzierte den letzten Hieb mit ganz besonderer Schärfe, was ich zunächst trotz Höschenknebel im Mund mit einem lauten Schrei und danach mit heftig wackelnden Bewegungen meines Gesäßes quittierte. Dabei wurde das Gewicht an meinem Sack in bedenklich kräftige Schwingungen versetzt, und nun brach die Panik bei mir offen durch.

Herrin Doris erkannte sofort, dass ich jetzt körperlich und mental am Ende war und hielt das Gewicht fest. Während mich Anna in die Höhe zog, löste Doris mit raschen, fachkundigen Griffen das Gewicht und dann auch die Halterung von meinem Juwelensack. Dann durfte ich mich auf den Fußboden setzen, allerdings nicht bevor Karl eine alte Decke unter meinen Po geschoben hatte.

„Nur zur Sicherheit", erklärte mir Doris überflüssigerweise, „falls die eine oder andere Strieme zu bluten beginnen sollte. Schließlich will ich nicht, dass du mir den Teppich versaust."

Während die Ladyschaften mit dem Sieger des zweiten Wettbewerbs Wein tranken und angenehm plauderten, behielten sie mich im Auge. Immerhin konnte nach der Anstrengung mein Kreislauf zusammenbrechen.

Es dauerte eine geraume Weile, aber schließlich fühlte ich mich wieder besser. Die Beine waren zwar immer noch sehr wackelig, das Gesäß brannte weiterhin und sandte wahnsinnige Schmerzen durch meinen Körper, aber das Gehirn hielt mit Glücksgefühlen dagegen: Ja, ich hatte mir eine verdammt harte Tracht Prügel eingefangen, aber ich hatte sie überstanden! Die gesamte Bestrafung, ohne dass man mir einen Hieb erlassen musste! Der Stolz auf diese Leistung wurde zwar durch das Gefühl des Gewichts an meinen Eiern geschmälert, denn obwohl es schon lange ab war, spürte ich es immer noch als imaginäres Folterinstrument. Aber ich hatte es überstanden!

„Dir geht es wohl wieder besser", erkundigte sich Herrin Doris beinahe zärtlich.

„Ja, Herrin, ich bin wieder auf dem Damm."

„Gut, dann folgt jetzt der letzte Teil für dein Versagen." Während ich erneut an diesem Tag erblasste, wandte sie sich an Karl: „Hol dir einen runter und spritz die ganze Ladung dem dummen Schwein ins Gesicht!" Zu mir gewandt fuhr sie fort: „Wag es ja nicht, dein dämliches Gesicht wegzuziehen! Wenn du Karls Geilschleim im Gesicht hast, wischt du ihn nicht weg, sondern kniest dich in die Ecke und genießt seinen Saft in deiner Visage!"

Als ich nur schwach nickte, fügte sie barsch hinzu: „Etwas mehr Begeisterung, du Sau, sonst lasse ich dich in der Ecke stehen, wie sich das gehört! Das Knien ist eine Erleichterung angesichts deiner vorangegangenen Züchtigung, da erwarte ich deutlich mehr Dankbarkeit von dir!"

Sofort beeilte ich mich, diese Dankbarkeit zu bezeugen, wenngleich meine Stimme etwas brüchig und nicht so fest wie gewünscht war: „Ja, Herrin, vielen, vielen Dank für die Gnade, Karls Saft in mein Gesicht bekommen zu dürfen! Und vielen, vielen Dank für die Gnade, die restliche Strafe auf den Knien verbüßen zu dürfen!"

Auf einen Wink von Herrin Anna hin kniete ich nieder, während sich Karl vor mir aufstellte, sein Rohr packte und es mit wenigen Handgriffen auf maximale Länge brachte. Dann spielte er kurz an sich herum, und schon nach wenigen Momenten flog mir eine gewaltige Ladung Sperma ins Gesicht. Ich machte nur am Anfang eine leichte Ausweichbewegung, aber rasch zwang ich mich zum Stillhalten, denn die Augen von meiner Herrin ruhten wie ein Habicht auf mir, bereit, jede kleine Unbotmäßigkeit zu erkennen - und zu ahnden!

Endlich waren Karls Eier leer. Unglaublich, was für eine Menge an Sperma er produziert hatte. In zähen Fäden floss der Saft von meiner Stirn und den Wangen, und was mein Gesicht nicht mehr halten konnte, tropfte langsam auf meine Brust herab. Ich war angeekelt und fasziniert zugleich, denn ich hatte zum ersten Mal das Sperma eines anderen Mannes in meinem Gesicht. Einerseits wollte ich mir den Geilsaft sofort vom Gesicht wischen, andererseits hätte ich ihn gerne gekostet. Nichts davon war mir aber erlaubt, und so verhielt ich mich lieber still und verharrte unbeweglich.

„Los, kriech auf allen Vieren in die Ecke!", kommandierte Herrin Doris.

Sofort setzte ich mich in Bewegung. Trotzdem ging es ihr wohl nicht schnell genug, denn ein Tritt in meinen verstriemten Hintern sollte mich vorwärts treiben. Die davon ausgelösten Schmerzen ließen mich stattdessen stöhnend innehalten und kurz am Boden winden, bevor ich mich wieder in Bewegung setzte. Schließlich kam ich in der Ecke an und musste die Hände hinter dem Kopf verschränken. In dieser Position verbrachte ich kniend mit Sperma verschmiertem Gesicht und mit striemenbedecktem Gesäß den weiteren Abend, bis ich endlich die Erlaubnis zum Duschen erhielt. Danach musste ich wieder zu Herrin Anna ins Zimmer. Trotz meiner harten Züchtigung gewährte sie mir nicht die Gnade, im Bett schlafen zu dürfen. Also verbrachte ich eine weitere Nacht auf dem Fußboden – natürlich in Bauchlage.

Wieder lag ich lange wach. Den nächsten Wettkampf musste ich unbedingt gewinnen, denn noch eine Niederlage würde Herrin Doris zur Weißglut bringen – und wer weiß, was sie sich dann für eine Strafe ausdenken würde!

Mit bangen Gedanken fiel ich nach den Strapazen des Tages rasch in einen unruhigen Schlaf. Was wohl die dritte Disziplin sein würde?

4. Der dritte Wettkampf: Belastbarkeit

Wieder wurde ich von ein paar Schlägen mit dem Gürtel geweckt. Kam es mir nur so vor oder hatte Herrin Anna diesmal nicht so fest zugeschlagen? Nun ja, nach den bisher erlittenen Strapazen wäre etwas Nachsicht genau das, was ich brauchte.

Trotzdem wiederholte sich der Ablauf des Vortages: wieder musste ich ihr das Bad richten, ihr beim Ankleiden helfen und das Frühstück richten.

Nach dem Frühstück wurden Karl und ich zum dritten Wettkampf gerufen. Wegen der bevorstehenden Abreise von Herrin Anna und ihm sollte schon am Vormittag begonnen wer-

116

den, damit alle in den Genuss der Bestrafung des Verlierers kommen würden. Ich hoffte inständig, dass diesmal meine Wenigkeit den Sieg erringen und ich damit Herrin Doris zumindest ein ganz klein wenig versöhnlich stimmen würde.

Zu unserer Überraschung mussten wir ins Badezimmer gehen und uns nebeneinander vor der Badewanne aufstellen.

„Ihr beiden werdet jetzt eure Blase entleeren, und zwar in die Wanne. Andreas wird sie später gründlich säubern. Also los: Pisst euch leer!"

Da wir wie immer nackt waren, konnten wir den Befehl ohne Verzögerung ausführen. Da wir uns beide aber schon vor dem Frühstück erleichtert hatten, dauerte die Ausführung nicht lange.

Nachdem wir unsere fast leeren Blasen restlos entleert hatten, kam der Befehl: „Schwänze abwischen! Aber gründlich!"

Sofort griffen wir zum Toilettenpapier und nahmen die Säuberung vor.

Danach reichten die Ladyschaften jedem von uns einen weißen Herrenschlüpfer in Doppelripp mit Eingriff, also eine Art Shorts. Wir mussten sie anziehen und dann kamen die Spielregeln: „Das letzte Spiel in unserem Dreikampf heißt ‚Belastbarkeit'. Wir wollen wissen, wer seine Blase im Griff hat. Um das festzustellen, wird jeder von euch zu Beginn einer jeden Viertelstunde ein Glas Wasser trinken. Dafür habt ihr drei Minuten Zeit. Überzieht jemand das Limit, wird er disqualifiziert und hat damit automatisch verloren. Ziel des Spiels ist es, das Urin möglichst lange in der Blase zu behalten. Verloren hat derjenige, auf dessen Schlüpfer als erstes ein Pissfleck zu sehen ist. Um sein Erscheinen zu verhindern, dürft ihr zappeln und die Beine zusammenkneifen, aber es ist verboten und wird mit Disqualifikation geahndet, die Hände zu Hilfe zu nehmen. Deshalb werdet ihr die Hände hinter dem Kopf verschränken und nur zum Leeren der Wassergläser herunternehmen. Auf unseren Befehl hin habt ihr euch in die Badewanne zu stellen – schließlich wollen wir eure Pisse nicht auf dem Fußboden haben. Noch Fragen?"

Bohrende Blicke trafen uns, ganz besonders drohend war der von Doris. Ich musste einfach gewinnen, und im Halten des Urins war ich eigentlich ganz gut, denn meine Herrin ließ mich nicht immer sofort auf die Toilette, wenn ich darum bat. Außerdem sah ich in dem Wettkampf meine Chance auf einen Sieg, denn Karl war ja deutlich älter als ich und hieß es nicht immer, dass mit zunehmendem Alter die Blase schwächer werde? Wahrscheinlich würde er sein Wasser nicht so lange halten können, deshalb war dieser Wettkampf meine große Chance auf einen Sieg und damit auf eine Resultatsverbesserung. Das würde der Laune meiner Herrin sicherlich gut tun. Daher sah ich dem kommenden Wettkampf mit einer gewissen Zuversicht entgegen.

Dann wurde uns das erste Glas Wasser gereicht. Während die Ladyschaften auf die Stoppuhr schauten, ließen Karl und ich uns Zeit. Hin und wieder nippte ich an dem Wasser in der Hoffnung, dass kleinere Schlucke eher absorbiert werden als große. Karl schien die gleiche Taktik zu fahren, aber seine Schlucke waren größer.

Schließlich hatten wir unsere Gläser restlos geleert und standen nun in der befohlenen Position im Bad. Die beiden Damen hatten sich Stühle herangeholt und es sich in dem geräumigen Bad bequem gemacht. Natürlich fehlte es ihnen wieder nicht an Wein und Knabberzeug.

Dann wurde uns das nächste Glas Wasser gereicht. Die taktische Maßnahme wiederholte sich, und auch beim dritten Glas gab es noch keine Veränderung.

Kurz vor dem Anreichen des vierten Glases spürte ich, dass ein Teil der Flüssigkeit in meiner Blase angekommen war. Offensichtlich hatte mein Körper nicht die gesamte Flüssigkeit gebraucht und deshalb einen Teil in das Ausscheidungsorgan gelenkt. Ein Seitenblick zu Karl zeigte ihn stoisch ruhig dastehend, kein leichtes Zucken deutete darauf hin, dass sich seine Blase gut gefüllt hatte. Nun ja, bei mir war es bislang auch nur sehr wenig Blaseninhalt, aber bei Karl dürfte das Alter die Blase geschwächt haben, so dass es nur eine Frage der Zeit war, bis er unruhig werden würde. Trotzdem hieß es für mich nun aufzupassen, damit kein Problem entstehen und ich auf die Verliererstraße geraten würde.

Der Inhalt des vierten Glases schien sofort in die Blase gegangen zu sein, denn plötzlich verspürte ich ein leichtes Bedürfnis. Trotzdem ließ es sich noch recht gut kontrollieren. Ein Blick zu Karl zeigte mir, dass auch er endlich die Wirkung zu spüren schien. Seine Haltung wirkte nicht mehr ganz so entspannt, sondern eher etwas verkrampft.

Wir mussten beide einen komischen Anblick bieten, denn unsere Herrinnen hatten sichtlich Vergnügen.

„Schau nur, wie verkrampft sie dreinschauen! Das wird nicht mehr lange dauern, dann pinkelt sich einer in die Hose – und wir schauen zu. Ha, wie lustig!"

Das fünfte Glas stellte eine echte Herausforderung dar. Da wir als Sklaven nur Leitungswasser bekamen, schmeckte das Getränk nach nichts und es war schwierig, es ohne Durst zu leeren. Aber es blieb uns ja nichts anderes übrig.

‚Nun mach schon, Karl', dachte ich angesichts meiner immer mehr drückenden Blase mit wachsender Ungeduld, ‚nun pinkel dir schon in die Hose, damit mein Sieg unter Dach und Fach ist!'

Aber den Gefallen tat mir Karl einfach nicht. Während meine Blase immer voller wurde und mehr und mehr drückte, war auf Karls Schlüpfer immer noch kein Pissfleck zu sehen.

Langsam wurde ich unruhig, und schließlich musste ich den Urin ständig wieder zurück in die Blase drängen. Um diese Bemühungen zu unterstützen, streckte ich beim Zurückdrängen den Po heraus oder begann etwas unruhig zu stehen. Auch Karl schien jetzt erste Probleme zu haben.

Das sechste Glas schien mein Problem zu vervielfachen. Jetzt drängte der Urin immer stärker in Richtung Glied, und die Verhinderung seines Austritts führte bei mir zu immer mehr Verrenkungen. Karl begann ebenfalls zu zappeln, aber irgendwann hatte ich nicht mehr die Muße, nach ihm zu schauen, weil ich einfach viel zu sehr mit meinem eigenen Problem beschäftigt war. Mein Vertrauen ruhte auf Herrin Doris, die sicher auch den kleinsten Urinfleck auf seinem Schlüpfer registrieren und melden würde. Aber bis es soweit war, hieß es kämpfen, kämpfen, kämpfen...

Der Druck wuchs und wuchs. Lange würde meine Verteidigung nicht mehr standhalten, die Gefahr eines unkontrollierten Ausbruchs stieg in immer bedrohlichere Höhen...

Schließlich war es nicht mehr möglich, durch Zurückdrücken und leichtes Zappeln dem Druck zu begegnen. Ich musste zum Äußersten greifen und anfangen, mit möglichst zusammengekniffenen Beinen auf der Stelle zu trippeln. Nun warf ich doch einen Blick zu Karl, der dieses Stadium noch nicht erreicht zu haben schien, aber auch sein Problem war unübersehbar.

Aus dem Hintergrund nahm ich undeutlich das schallende Gelächter der Ladyschaften wahr. Sie lachten Tränen, während Karl und ich ihnen zuliebe diesen verdammten Kampf mit unserer Blase ausfochten.

Immer wieder traten die Damen an uns heran und beäugten unsere Schlüpfer, wobei sie selbst bei dieser ernsten Sache immerzu kicherten.

Dann kam eine Riesenwelle auf meinen Penis zu. Es war, als würde ein Schwall Urin über meine Verteidigung fliegen, geradewegs in die Hose. Ich erstarrte für einen Moment – war da eben tatsächlich etwas Urin aus mir herausgeflossen? Falls ja, würde die Menge ausreichen, um einen Fleck auf der Außenhülle des Schlüpfers zu hinterlassen, oder würde der verstärkte Eingriff die Flüssigkeit aufhalten?

Der Schreck über den möglicherweise erfolgreichen Austritt des Urins ließ mich für einen Moment erstarren, aber zum Glück beruhigte sich alles rasch wieder. Herrin Anna hatte meine kurze Verhaltensänderung bemerkt und sofort mit nun ernstem Gesicht meinen Schlüpfer inspiziert. Zum Glück schien außen tatsächlich nichts zu sehen zu sein, wahrscheinlich waren es doch nur zwei oder drei Tropfen, die mir wie ein gewaltiger Strahl vorgekommen waren. Aber jetzt hieß es aufpassen, denn nach der ersten unkontrollierten Entladung würden zweifellos weitere folgen. Hoffentlich verlor Karl endlich seinen Kampf!

Aber diesen Gefallen tat er mir einfach nicht.

Nach einer kurzen Phase der Beruhigung drängte der Urin jetzt noch stärker und beinahe wütend gegen meinen Gegendruck. Meine Kräfte schwanden, meine Trippelbewegungen wurden immer hektischer und ähnelten mehr und mehr einem schnellen Lauf. Längst schon war ich in die Badewanne und Karl in die geräumige Duschkabine befohlen worden, um die Folgen der sich anbahnenden Malheure in Grenzen zu halten.

Unser Kampf wurde immer verzweifelter, aussichtsloser... Es war nur eine Frage der Zeit, bis es für einen von uns vorbei war.

„Pissfleck!", gellte plötzlich ein Schrei durch den Raum.

‚Endlich!', dachte ich, ‚Jetzt noch durchhalten bis er bestätigt ist, dann habe ich gewonnen!'

Leider irrte ich mich, denn Herrin Anna hatte auf meinem Schlüpfer einen feuchten Fleck entdeckt, der von Herrin Doris bestätigt wurde. Hatte ich vor lauter Abwehrkampf nicht bemerkt, wie sich weitere Tropfen hinaus geschlichen hatten, oder war der vorhin entwichene Schwall inzwischen durch die Stoffschichten gesickert? Ich wusste es nicht, aber in meinem Kopf schallte laut ein Wort: Verloren!

Schon hörte ich Herrin Doris kommandieren: „Andreas, lass es laufen, alles!"

Mit einem Seufzen gehorche ich und nässte vor den Augen der Ladyschaften ein.

Kaum war ich fertig, wurde Karl herbeigeholt. Ich musste niederknien und er durfte mir seine gesamte Ladung Urin ins Gesicht schießen. Ich erstarrte vor Ekel, aber es gab kein Entkommen, schließlich hatte ich mich ja freiwillig Herrin Doris unterworfen und versprochen, alles gehorsam zu erdulden.

Karls Entleerung dauerte wie schon sein Abspritzen beim Wettkampf zuvor eine gefühlte Ewigkeit, aber endlich war es vorbei. Während er duschen durfte, musste ich mit nassem Schlüpfer und vom Urin nassem Körper in der Wanne knien bleiben. Erst als er mit dem Duschen fertig war, durfte ich mich reinigen.

Während die Ladyschaften und Karl zu Mittag aßen, musste ich Badewanne und Duschkabine gründlich säubern. Danach wurde mir eine erneute Dusche befohlen.

Endlich war ich mit allem fertig. Nun stand mir noch eine Tortur bevor, nämlich die Züchtigung wegen meiner Niederlage.

Zum Glück hatte meine Herrin ein Einsehen mit mir. Angesichts meiner bereits an den beiden Vortagen empfangenen harten Schläge bekam ich diesmal nur das Minimum von einem Dutzend Hiebe. Diese Schläge zählte mir Herrin Doris aber in gewohnter Schärfe auf, und da sie zwangsläufig mit jedem Hieb auf Striemen der Vortage traf, ging ich erneut durch die Hölle. Allerdings empfand ich diese Hölle schlimmer als die vorangegangenen – aber das Empfinden ist wohl immer so, dass die gerade empfangene Züchtigung als die härteste wahrgenommen wird.

Herrin Doris ließ sich von meinem Gejaule in keiner Weise erweichen. Schon nach dem dritten Hieb steckte ihr nasser Slip in meinem Mund, während sie mein Hinterteil gnadenlos peitschte. Kaum hatte ich mich wieder gesammelt, pfiff der Rohrstock erneut durch die Luft und stanzte mir eine weitere Strieme in die schon böse zugerichtete Kehrseite. In einem dieser besonders schmerzhaften Momente, als ein Hieb mehrere andere Striemen kreuzte, fragte ich mich, warum ich das geschehen ließ, warum ich mir das antat. Der nächste Hieb löste aber schon wieder Schmerzen und einen Feuerball aus, die alle anderen Gedanken hinwegfegten.

Endlich war meine Bestrafung vorüber. Ich durfte wieder in der Ecke niederknien, während Karl zu Füßen der Ladyschaften sitzen und Wein trinken durfte. Dass er in seiner Sitzposition den beiden Damen unter die extrem kurzen Röcke schauen konnte, störte offensichtlich keine von beiden, weshalb er von dieser Möglichkeit ungeniert Gebrauch machte.

,Mir würde das eine Bestrafung einbringen, zumindest aber einen Satz Ohrfeigen', dachte ich neidisch.

Dann näherte sich der Zeitpunkt des Aufbruchs von Anna und Karl. Ich durfte aus der Ecke kommen und mich normal anziehen. Schließlich war es Zeit für den Abschied, und wir verabschiedeten uns alle ganz herzlich voneinander. In diesem Moment gab es keine Herrin und keinen Sklaven, sondern nur Menschen, die sich mochten und gerne Spaß miteinander hatten. Obwohl mein Hinterteil noch immer fürchterlich glühte, wurde ich für mein Durchhalten gelobt. Ich wusste, dass ich in ein paar Tagen, wenn die Sitzbeschwerden nachließen, ebenfalls sehr stolz auf meine Leistung sein würde. Vor allem aber darauf, durchgehalten zu haben – und dann würde ich die erhaltenen Hiebe genießen können. Die zweifelnden Gedanken waren alle wie weggeblasen, dafür genoss ich die Hitze des Gesäßes und den abklingenden Schmerz.

5. Die Konsequenzen nach den Hinspielen

Wie ich nach der Abreise von Anna und Karl erfuhr, hatten die Ladyschaften für die Rückspiele das übernächste Wochenende vorgesehen.

„Das bedeutet für dich Versager trainieren, trainieren und nochmals trainieren!", verkündete mir Herrin Doris drohend.

Ich nickte nur, denn natürlich wollte ich Revanche und endlich auch mal gewinnen!

Herrin Doris hatte sich offensichtlich schon Gedanken über mein Trainingsprogramm gemacht, denn gleich am nächsten Tag ging es los: Jeden Morgen und jeden Nachmittag musste ich nun das Wasserhalten üben. Damit nicht so viel Zeit mit dem Säubern der Wanne verloren ging, wurde das Training nach draußen verlagert: In der Siedlung, wo Doris wohnte, hatte jedes Haus einen tiefer liegenden Zugang zur Waschküche, was mit der damaligen Bauweise zu tun hatte. Dieser Zugang war von den Nachbargrundstücken nicht einsehbar, hatte aber einen Regenwasserabfluss. Nach jeder Trainingseinheit wurde der Bereich mit dem Gartenschlauch abgespritzt und auf diese Weise gesäubert.

Ich hatte das Gefühl, immer besser zu werden, aber Herrin Doris äußerte sich immer unzufrieden und versuchte stets, eine noch bessere Leistung aus mir herauszuholen.

Am dritten Trainingstag kam abends ein junger Mann zu uns. Doris stellte ihn mir als ihren Cousin namens Mark vor.

„Er ist schwul und wird dich in der Disziplin ‚Geschicklichkeit' trainieren."

„Geschicklichkeit?", fragte ich etwas begriffsstutzig nach.

„Ja, schließlich sollst du im Rückkampf Karl zum Abspritzen bringen statt er dich. Mark wird dir zeigen, worauf du beim Blasen achten musst und dir ein paar Tricks und Kniffe verraten. Ihr werdet jeden Abend zusammen trainieren."

„Aber...", wagte ich einen Einwand.

„Kein ‚Aber'! Es schadet nicht, wenn du als Hetero auch gut Schwänze blasen kannst. Basta!"

Aus Erfahrung wusste ich, dass die Diskussion an dieser Stelle beendet war. Sollte ich dennoch einen Einwand wagen, würde mich der Stock unweigerlich schnell zur Räson bringen. Also schwieg und fügte ich mich.

Der Rest der ersten Woche verging also mit dem Training für zwei der drei Disziplinen. Für das ‚Weitspritzen' konnte ich dagegen nicht üben, denn meine Herrin meinte: „Deine Eier sind tabu, du lebst bis zum Wettkampf keusch! Dann wird dein Sack hoffentlich so voll sein, dass es wie ein Vulkan aus dir herausschießen und weit fliegen wird. Damit deine Eier auch gut gefüllt sind, bekommst du bis zum Wettkampf nur gesundes Essen!"

Ich wusste nicht, woher sie die Essentipps hatte, aber das, was sie mir vorsetzte, sah sehr gesund aus und schmeckte nicht immer besonders gut – also war es wohl sehr gesund. Ob es aber die Reichweite meines Schwanzes erweitern und die Flugweite meines Geilsaftes verlängern würde, war mir nicht so einsichtig. Aber als gehorsamer Diener meiner Herrin tat ich das, was sie wollte, vor allem, weil ich ihr zu Ehren einen Wettkampf gewinnen wollte. Oder gewinnen musste, denn natürlich war angesichts der im Hinspiel erlittenen Strafen ein Sieg mehr als ratsam für mich. Selbst nach einer Woche waren viele Striemen noch deutlich sichtbar, und ich bezweifelte, dass sie alle bis zum Rückspiel verblasst sein würden.

Doris ließ mich jeden Tag trainieren, sie gönnte mir bis zum Wochenende des Rückspiels keine Ruhepause.

Mark dagegen genoss sichtlich die Trainingseinheiten mit mir. Es schien ihm ein ausgesprochen großes Vergnügen zu bereiten, einem Hetero-Mann ausgiebig blasen zu lassen. Ich hatte dagegen weniger Vergnügen, denn es war für mich einfach ungewohnt, einen Schwanz im Mund zu haben. Eine schöne, feuchte Möse wäre mir entschieden lieber gewesen, aber die Ladyschaften hatten den Wettkampf nun mal anders konzipiert. Warum nur konnten wir nicht eine Herrin zum Höhepunkt lecken, das wäre doch eine Disziplin, von der alle vier etwas hätten!

Aber leider standen die Disziplinen nun mal fest. Mark gab sich alle Mühe, mich in den Feinheiten des Blasens zu unterweisen, aber wegen meines Unbehagens dauerte das mit dem Verstehen und vor allem mit dem Umsetzen etwas länger.

Irgendwann beschwerte er sich bei Doris wegen meiner fehlenden Motivation.

Sie sprang sofort auf: „Warte, dich faules Schwein werde ich schon motivieren!" Dabei zog sie ihren Gürtel aus dem Rock und peitschte mir den Rücken.

„Wirst du wohl das Blasen lernen, du verdammte Sau! Ich will, dass du Karl die Eier leer saugst und gewinnst, du verdammter Loser!" Immer wieder sauste der Gürtel nieder.

Ich jaulte unter den Hieben und versprach, alles fleißig lernen und vor allem für sie gewinnen zu wollen. Endlich beruhigte sie sich wieder. Leider gab sie den Gürtel an Mark weiter mit der Anweisung: „Will er mal wieder nicht richtig mitmachen, dann mach ihm damit Lust!"

Nun hatte Mark das Erziehungsrecht über mich, aber er machte nur sehr sparsam davon Gebrauch. Wenn, dann hatte ich es aber zugegebenermaßen auch verdient.

So vergingen die Tage, und schließlich war es soweit: Es war Freitag, der Anreisetag zum Rückkampf. Heute Abend würde der erste Wettkampf stattfinden, und ich hoffte inständig auf einen Sieg. Noch immer waren etliche Striemen auf meinem Gesäß zu erkennen, und ich wollte auf keinen Fall neue dazubekommen. Ich fühlte mich gut, fand mich auch gut vorbereitet – und so reisten Herrin Doris, Trainer Mark und ich zum Rückkampf in die Wohnung von Herrin Anna und ihrem Athleten Karl. Die Stunde der Entscheidung nahte – entweder wurde ich zum großen Verlierer, oder ich konnte einen Achtungserfolg holen…

6. Die Rückspiele

Nach einer herzlichen Begrüßung im Haus von Herrin Anna und ihrem Sklaven Karl bezogen meine Herrin und ich das Gästezimmer, Mark wurde separat untergebracht. Da Karl und ich ja nun wussten, um welche Wettkämpfe es sich handelte, machte die Geheimniskrämerei der Hinrunde keinen Sinn mehr.

Nachdem wir uns eingerichtet hatten, begaben wir uns zum Kaffee und plauderten bis zum Abend in angenehmer Runde. Abgesehen davon, dass Karl und ich die Damen einschließlich Mark bedienten, war kein Standesunterschied bemerkbar. Das kam aber sicher auch daher, dass wir beide noch angezogen waren. Aus Erfahrung wussten wir, dass dieser Zustand nicht mehr lange anhalten würde und wir, einmal ausgezogen, es für den Rest des Wochenendes bleiben würden.

Tatsächlich dauerte es bis nach dem Abendessen. Als die beiden Ladyschaften die erste Flasche Wein geleert hatten, kam der schon lange erwartete Befehl: „Ausziehen! Macht euch ganz nackig, ihr Schweine!"

Sofort legten Karl und ich unsere Kleidung ab, knieten vor unserer jeweiligen Herrin nieder und küssten ihr die Füße.

„Na, dann lasst uns mit den Wettkämpfen loslegen!", rief Herrin Anna und fügte hinzu: „Der zweite Teil der Geilspiele ist eröffnet!"

Lachend zogen sie uns an den Ohren in die Küche. Karl bereitete rasch den Tisch vor, dann nahmen wir wie schon zwei Wochen zuvor Aufstellung. Als das Startkommando ertönte, legten wir los – und ich verlor erneut. Zwar hatte ich mich geringfügig verbessert, aber Karl konnte seine Leistung aus der Hinrunde wiederholen. Damit ging er erneut als Sieger aus dem Wettkampf ‚Dynamik' hervor und führte jetzt uneinholbar mit 4:0.

Mir war meine Enttäuschung wohl anzusehen, aber andererseits war das die Disziplin, in der ich nicht trainieren konnte.

Die beiden anderen Wettkämpfe könnte ich dagegen gewinnen und das Ergebnis zumindest optisch aufpolieren.

Zuvor aber erhielt ich einen anerkennenden Klaps von Mark auf die Schulter, anschließend setzte es die obligatorischen zwölf Stockschläge auf mein Gesäß. Wenn mich nicht alles täuschte, schlug Herrin Doris nicht ganz so hart wie vor zwei Wochen zu, aber mein Gesäß sah ja auch noch verhältnismäßig böse aus.

Nachdem ich meine Wucht bezogen hatte, stand ich wieder in der Ecke, während die Ladyschaften mit Mark feierten und von Karl emsig bedient wurden.

In der kommenden Nacht war ich lange ruhelos, denn ich brannte auf den Wettkampf in der Disziplin ‚Geschicklichkeit'. In Gedanken ging ich alle Tipps und Kniffe durch, die mir Mark beizubringen versucht hatte. Ich war fest davon überzeugt, dass ich es schaffen würde.

Als endlich der neue Tag anbrach, konnte ich es kaum erwarten, dass am Abend endlich der Wettkampf stattfinden würde. Doch die Zeiger der Uhr schlichen nur so dahin, so dass ich schon am Verzweifeln war. Während der Wartezeit ging Mark immer wieder die Handgriffe und Zungenspiele durch, die ich unbedingt machen musste.

Dann war es endlich soweit! Die Zeit des Wettkampfes war gekommen und er konnte beginnen. Karl und ich nahmen die 69er-Position ein und als das Startkommando ertönte, begannen wir unsere orale Arbeit. Ich wendete jeden Tipp von Mark an, lutschte mir die Seele aus dem Leib, streichelte mir die Finger an seinem Sack wund - aber es half alles nichts: Karls Schwanz wurde einfach nicht steif! Hatte der Kerl Potenzstörungen? Aber dann hätte er das Weitspritzen nicht gewinnen können, denn dabei konnte er sich ja einen runterholen. Es war zum Verzweifeln!

Schon spürte ich den Geilsaft in mir aufsteigen und kämpfte wie schon vor zwei Wochen dagegen an. Diesmal war ich aber auf Karls Zungenfertigkeiten vorbereitet, so dass sich kaum Zeit damit verschwendete, seine Mundarbeit zu genießen. Stattdessen konzentrierte ich mich mehr oder weniger voll und ganz auf meine eigene Aufgabe.

Leider waren alle Bemühungen am Ende vergeblich. Karl brachte mich wie schon zwei Wochen zuvor zum Abspritzen, während seine Erektion eher kümmerlich war.

Also wurde einmal mehr Karl gefeiert. Ich bekam anschließend mein ein Dutzend Verliererhiebe, aber Herrin Doris verzichtete diesmal sowohl auf eine Strafverschärfung mit Gewichten wie auch auf eine Verdoppelung der Hiebe, weil ich mich diesmal ja deutlich sichtbar um den Sieg bemüht hatte.

Warum es nicht geklappt hatte, verriet uns Herrin Anna, nachdem ich meine Schläge bezogen hatte: „Karl musste sich nach dem Weitspritzen noch zweimal einen runterholen, damit seine Eier richtig leer waren. Andreas hatte deshalb keine Chance! Karl könnte ihm heute auch nicht ins Gesicht spritzen, sein Sack muss sich erst wieder füllen."

„Verdammt", schimpfte Herrin Doris, „darauf hätten wir auch kommen können." An mich gewandt schnauzte sie los: „Vor allem du Superathlet hättest darauf kommen müssen, schließlich bist du doch ein Mann und weißt, wie geil ihr immer seid!"

„Aber…"

„Sofort übergelegt, für deine Scheiß-Taktik gibt's ein halbes Dutzend Hiebe!"

Widerworte waren sinnlos und würden die Strafe ja nur verschärfen, also beugte ich mich wieder über die nächste Sessellehne und bezog sechs scharfe Hiebe. Immerhin brauchte ich danach nicht mehr in die Ecke und durfte mitfeiern. Einen Wettkampf gab es ja noch…

Wie schon in der Hinrunde wurde der dritte Wettkampf mit dem Titel ‚Belastbarkeit' am Sonntagmorgen durchgeführt. Wieder standen Karl und ich mit entleerter Blase in dem obligatorischen ‚Wettkampfschlüpfer' vor unseren Herrinnen einschließlich Mark. Erneut gab es im Viertelstundentakt ein Glas Wasser und wir hielten uns wacker. Augenscheinlich hatte auch Karl trainiert, denn es dauerte auch bei ihm diesmal etwas länger, bis erste Anzeichen von Unruhe erkennbar waren. Bei uns beiden setzten die heftigsten Zappelbewegungen nach dem siebten Glas Wasser ein, aber dann war es rasch vorbei und wir pinkelten beide fast gleichzeitig in die Schlüpfer.

Nachdem wir unsere Blase komplett entleert hatten, warteten Karl und ich in unseren nassen Höschen auf das Ergebnis, während sich Mark vor Lachen bog und uns wegen unseres

Anblicks verhöhnte. Die Ladyschaften hatten offenbar ein knappes Ergebnis vorausgeahnt und von uns unbemerkt die letzten Minuten mit den Kameras ihrer Mobiltelefone festgehalten. Nach kurzer Diskussion kamen sie zu dem Ergebnis, dass auf meinem Schlüpfer drei Sekunden vor Karl ein feuchter Fleck zu erkennen wäre. Da Herrin Doris diesen Schiedsspruch teilte, war für mich kein Einspruch möglich.

Immerhin durfte ich als ‚Gastmannschaft' duschen und mich im Wohnzimmer in die Ecke stellen, während, Karl das Bad und sich selbst säuberte. Nachdem er wieder zu uns gestoßen war, bekam ich einmal mehr die Hiebe für den Verlierer. Damit hatte ich also tatsächlich alle sechs Wettkämpfe verloren.

Da mein Gesäß von den vielen Hieben des Wochenendes gezeichnet war, beschlossen die Ladyschaften, mir die Strafe für die Niederlage in der Gesamtwertung erst beim nächsten Treffen nach weiteren zwei Wochen aufzuzählen.

Herrin Doris funkelte mich an: „Für die Niederlage in der Gesamtwertung bekommst du die ausgesetzten drei Dutzend Hiebe! Aber weil du elender Versager keinen einzigen Wettkampf gewonnen und damit ‚zu Null' verloren hast, werde ich dir satte fünfzig Stockschläge auf deinen faulen Arsch zimmern!"

Ich wusste, dass das keine leere Drohung war. Zwei Wochen später trafen wir uns alle wieder bei Herrin Doris, die auch meinen ‚Trainer' Mark eingeladen hatte. Vor versammelter Mannschaft büßte ich für meine 0:6-Niederlage und musste tatsächlich die angekündigte Anzahl von Stockschlägen einstecken. Bevor ich mich aber vom Straflager erheben durfte, bekam Mark für seine Bemühungen als mein Trainer ein besonderes Geschenk: Er durfte meinen frisch gezüchtigten Po benutzen. Während er es hörbar genoss, mich in meine Hinterpforte zu bumsen, litt ich unter großen Schmerzen, denn der Rohrstock hatte dicke Striemen in mein Gesäß gestanzt, und Marks Becken knallte bei jedem Stoß auf sie. Ja, es war eine hübsche Zusatzstrafe, die sich Herrin Doris für mich ausgedacht hatte.

Als Mark fertig war und sich in mir ergoss, durfte ich unter die Dusche. Das ließ ich mir nicht zweimal sagen. Ich stand lange, sehr lange unter Dusche...

Kaum war ich wieder zu den anderen gestoßen, durfte ich mich zu den anderen setzen. Nun wurde es eine gemütliche Runde, und wären wir nicht bald alle nackt gewesen, hätte man uns für eine ganz normale Gesellschaft halten können. Aber das waren wir nicht, und wir wollten es auch nicht sein. Stattdessen zogen wir es vor, uns auch weiterhin mit obskuren Wettkämpfen zu amüsieren. Ja, es folgten noch mehrere Fortsetzungen unseres ‚etwas anderen Dreikampfes' – und dabei war ich dann nicht immer nur der Verlierer. ☺

Andrea und der Ledergürtel

Schon seit geraumer Zeit hatte ich ein Verhältnis mit einer Kollegin, die seit Jahren alleinstehend war. Da wir um die Neigung der Kollegen zum Tratsch wussten und zudem ein Vorstandsmitglied ein Auge auf sie geworfen hatte, vermieden wir es, unsere Beziehung öffentlich zu machen. Zugegeben, sie hatte keine Modelfigur, aber ein sehr hübsches Gesicht und drei besondere Vorlieben, von denen mir eine schon bei den ersten Aufeinandertreffen auffiel: Sie trug grundsätzlich immer einen Rock oder ein Kleid, aber niemals eine Hose. Nachdem wir anfangs ein paar Worte gewechselt hatten und schließlich anfingen, uns in der Mittagspause auf einen Kaffee zu treffen, erzählte sie mir irgendwann beinahe beiläufig, dass sie stets ausgesprochen hübsche und oftmals spitzenverzierte Unterwäsche tragen würde. Es kam, wie es kommen musste: Meine Neugier war geweckt, und fehlende Modelfigur hin oder her: Ich machte ihr ein paar Komplimente, sie ging begeistert darauf ein, und schließlich trafen wir uns bei ihr. Schon beim ersten Besuch führte sie mir ihre Unterwäsche vor und besorgte es mir nicht nur oral, sondern schluckte zudem aus freien Stücken meinen Liebessaft. So etwas hatte ich vorher noch nie erlebt, denn entweder lehnten die Frauen Oralsex kategorisch ab oder sie weigerten sich, den Saft zu schlucken. Anders Andrea, sie liebte Sex und wollte ihn in allen Varianten erleben. Wegen ihrer Figur wurde sie von den Männern gewöhnlich nicht beachtet, und so hatte sie einen großen Nachholbedarf und mit mir die Chance, ihn auszuleben. Sie war zu allem bereit und das war nicht gespielt: Ich hatte vorher noch keine Frau erlebt, die so schnell und so enorm feucht zwischen den Beinen wurde wie Andrea. Außerdem lutschte sie ausgesprochen hingebungsvoll und gekonnt meinen Schwanz, obwohl sie immer betonte, dass sie das noch nie zuvor bei einem Mann gemacht hätte. Sie war in diesem Punkt ein begnadetes Naturtalent!

Nachdem wir uns mehrere Male zu erotischen Stelldicheins getroffen hatten, saßen wir während der Mittagspause wieder einmal in einem Café. Natürlich ziemlich weit hinten, damit sie ungestört mit ihrem Fuß zwischen meinen Beinen spielen konnte, ohne dass es ein anderer Gast mitbekommen hätte. Ihr Verhalten überraschte mich immer wieder, denn im normalen Alltagsleben war sie eine äußerst schamhafte Frau. Im Laufe unseres Gesprächs meinte ich beinahe beiläufig: „Wenn wir am Samstag unseren Ausflug machen und im Wald spazieren gehen, würde ich es begrüßen, wenn du einen Minirock tragen würdest."

Fast hätte sie sich an ihrem Espresso verschluckt.

„Du-du spinnst ja, das geht nicht!"

„Und warum nicht?"

„Weil…na ja, weil ich kein Model bin und meine Beine nicht so toll aussehen."

„Süße, du gibst in meinen Augen darin bestimmt einen Anblick zum Anbeißen ab. Was die anderen Spaziergänger, sofern wir überhaupt welche treffen, denken, ist doch egal. Wichtig ist, dass du mich damit sicherlich ganz schnell geil machen würdest, und davon profitierst du ja schließlich auch, nicht wahr? Bitte, mach es mir zuliebe!"

Ich versuchte, meine Bitte mit einem besonders bettelnden Blick zu unterstreichen.

„Nein, das geht nicht", schüttelte Andrea den Kopf, „ich habe ja überhaupt keinen Minirock."

Ich legte rasch einen Fünfzig-Euro-Schein auf den Tisch und schob ihn unter ihre Untertasse.

„Kauf dir einen, am besten in Schwarz, dann bildet dein weißes Höschen einen wunderbaren Kontrast dazu."

„Du spinnst!"

„Ich steh halt auf dich!" Dann fügte ich scherzhaft hinzu: „Wenn ich dich am Samstag abholen will und du mir nicht im Minirock die Tür öffnest, versohle ich dir den Hintern."

Andrea schluckte, sagte aber nichts. Ich hatte ihr schon einmal im Spaß wegen einer anderen Sache einen Povoll angedroht und war sehr überrascht, als sie gleich zu Beginn meines Besuches freiwillig darum bat. Sie schob damals den Rock ganz nach oben und legte sich brav über meine Knie. Danach zog ich ihr erst das Höschen stramm, später klatschte ich ihr den nackten Po aus. Es waren sanfte, beinahe zärtliche Schläge mit der Hand, weil sie so etwas seit ihrer Kindheit nicht mehr erlebt hatte. Am Ende fuhr ich mit meiner Hand wie zufällig durch ihre Spalte und spürte die Feuchtigkeit, die in Strömen aus ihr heraus floss. Ich war gespannt, ob sie auch dieses Mal den Povoll vorziehen würde.

„Du willst mich wieder versohlen?" Für einen Moment blitzte der Schalk in ihren Augen auf. „Womöglich strenger als neulich? Etwa mit einem Gürtel?"

Offensichtlich verlor ich gerade die Initiative, weshalb ich mich zu sagen beeilte: „Ganz genau! Wenn du es wagen solltest, keinen Minirock zu tragen, werde ich deinen Hintern mit dem Gürtel peitschen, bis er feuerrot ist. Danach geht es in den Wald, und wenn du kein Röckchen anhast, wirst du eben im Slip spazieren gehen."

„Dann würden ja alle sehen, dass ich bestraft worden bin?"

„Genau!"

„Das will ich nicht."

„Dann kauf dir einen Minirock."

Weiter vertieften wir das Thema nicht, stattdessen wechselten wir das Thema und unterhielten uns über die Arbeit und den Alltag. Die ganze Zeit spürte ich ihren Fuß zwischen meinen Beinen und hatte beim Verlassen des Cafés Mühe, die Beule in meiner dünnen Sommerhose zu verbergen. Trotzdem grinste ich vergnügt vor mich hin, denn ich konnte mir lebhaft vorstellen, wie feucht ihr Höschen war.

Nach dem Cafébesuch gingen wir wieder an die Arbeit und ich war gespannt, ob sie meinen Wunsch erfüllen würde. Der Samstag versprach so oder so interessant zu werden.

An dem besagten Tag stand ich schließlich zur vereinbarten Zeit vor Andreas Tür und klingelte. Es dauerte eine Weile, bis sie schließlich aufging. Vor mir stand Andrea mit einem – ihrer üblichen langen Röcke.

Als sie meinen missbilligenden Blick bemerkte, entschuldigte sie sich schnell: „Als ich im Geschäft am Ständer für die kurzen Röcke stand, hat die Verkäuferin immer wieder so komisch zu mir herübergesehen. Das waren so mitleidige Blicke. Na ja, da habe ich mich wegen meiner Figur fürchterlich geschämt und bin ganz schnell weggegangen. Ich wollte dir ja wirklich den Gefallen tun und gehorchen, aber diese Blicke der Verkäuferin... Es war so peinlich, unendlich peinlich. Tut mir schrecklich leid, denn ich weiß ja, dass dich schon alleine der Gedanke an einen Minirock aufgeilt hat! Aber es war unmöglich, verstehst du, einfach unmöglich."

Wortlos schob ich sie ins Haus zurück. Nachdem die Tür ins Schloss gefallen war, sah ich ihr fest in die Augen: „Du bist zwar im Alltag schamhaft, aber beim Kauf deiner Unterwäsche vergisst du sie. Warum nicht auch beim Rockkauf?"

„Die... die Dessous kaufe ich im Versandhandel", versuchte sie mich zu beschwichtigen.

„Aber nicht alles", bohrte ich weiter, „denn du hast mir selber gesagt, wo du mal wieder ein heißes Teil erstanden hast, wenn du es mir vorgeführt hast. Also erzähl mir jetzt bitte keine Märchen."

Jetzt fing sie an, herumzudrucksen.

Mit einer Hand hob ich ihren Kopf und sah ihr fest in die Augen: „Du wolltest gar keinen Minirock kaufen, stimmt's? Bist du überhaupt in einem Laden gewesen?"

„Ich... äh... ja, ich... wollte, aber, ... äh..."

„Hör auf zu stottern. Weißt du noch, was ich dir versprochen habe, wenn du keinen Minirock anhast?"

„J-Ja."

„Was war das?"

„Dass du mir den Hintern vollhauen willst."

„Ist das alles?"

„Äh, na ja, dass du mir den Po mit dem Gürtel kräftig versohlen willst."

„Richtig. Was soll ich jetzt also deiner Meinung nach machen?"

„Nun ja,...äh...ich sehe ein, dass ich dich enttäuscht habe, und...und bitte deshalb...um meine...verdiente Strafe."

Ich war schon ein wenig überrascht, denn ich war auf Ablehnung und sehr viel Herumdruckserei gefasst, aber das unterblieb, stattdessen bat sie sogar um eine kräftige Tracht Prügel, obwohl von ‚kräftig' vorher nie die Rede war. Das Biest wollte eine Spankingsession und hatte mich dazu gebracht, sie ihr anzubieten. Mit einer so direkten Vorgehensweise hatte ich nicht gerechnet. Mit Ausreden oder gar Verweigerung schon eher, aber die widerspruchslose Annahme der Strafe und der offensichtliche Wunsch nach Spanking war wieder eine von den Situationen, mit denen mich Andrea immer wieder überraschte. Aber das war noch nicht alles: Meine Verblüffung wuchs noch weiter, als sie rasch zu einem Beistelltisch ging und mir, als sie wieder vor mir stand, einen wohl vier Zentimeter breiten Gürtel aus geschmeidigem Leder hinhielt.

„Damit hat mein Vater immer meine Brüder und mich bestraft", erklärte sie, „als einzige Tochter von vier Kindern hat er bei mir nur bei der Anzahl der Hiebe einen Unterschied gemacht, nicht aber bei der Härte. Ich bin also einiges gewohnt. Tja, und bei seinem Tod habe ich den Gürtel aufgehoben. Warum, weiß ich nicht."

„Vielleicht hast du geahnt, dass du ihn eines Tages wieder brauchen würdest", murmelte ich und wog das gute Stück in meiner Hand. Es war ein wunderbares Teil, viel besser als der Hosengürtel, den ich heute vorsorglich trug.

Dann räusperte ich mich: „Nun ja, ich habe gesagt, dass ich dir den Arsch voll haue, wenn du keinen Minirock trägst, du hast keinen an und bist damit ungehorsam, weshalb du zu Recht um deine Bestrafung gebeten hast."

„Ja, ich war ungehorsam. Bitte, bitte, bestraf mich!"

Sofort dirigierte ich sie ins Schlafzimmer.

„Los, zieh deinen Rock aus und leg dich bäuchlings auf das Bett!"

Als sie den Rock betont aufreizend ausziehen wollte, ließ ich den Gürtel durch die Luft pfeifen und zischte: „Los, beeil dich gefälligst, der Gürtel will endlich deinen Hintern tanzen lassen!"

Mir schien, als wenn sie nun doch ein wenig blass um die Nase wurde, wahrscheinlich verfluchte sie gerade innerlich ihren Wagemut. Aber Andrea brachte eine angefangene Sache immer zu Ende, und so lag sie schließlich in der von mir gewünschten Position. Rasch schob ich ein paar Kissen unter ihren Körper, so dass ihr Gesäß in der richtigen Position war. Erst jetzt hatte ich die Muße, ihr Höschen näher zu betrachten: Es war eines von den weißen Slips, die vorne und hinten fast nur aus Spitze bestanden, lediglich an den Seiten war normaler Stoff. Sie wusste, wie sehr ich diese Höschen mochte, und das unterstrich, wie sehr sie es auf ihre Bestrafung abgesehen hatte.

„So, so, da hat sich jemand für seine Züchtigung hübsch gemacht. Na warte, du Luder, dafür wird dein Hintern leiden."

„Ja, bitte, ich war so was von frech…Ich habe eine sehr strenge Strafe verdient! Bitte, bitte, treib mir meine Unarten aus!"

„Das kannst du haben! Fertig?"

„Ja…ja, ich bin soweit."

Das war das Startsignal, und sofort ließ ich den Gürtel auf ihrer Kehrseite niedergehen. Er traf beide Pobacken in voller Breite, was ihr ein leichtes Stöhnen entlockte. Weitere Hiebe folgten, und Andrea wurde immer unruhiger, bäumte sich schließlich immer wieder auf, aber sie verließ nie ihre Position. Nach zehn Hieben machte ich eine Pause. Sanft fuhr meine Hand über den slipbedeckten Po, und ich konnte deutlich die von den Schlägen ausgelöste Hitze spüren. Auch der feuchte Fleck zwischen ihren Beinen entging nicht meiner Aufmerksamkeit – nur um das Auffinden dieser verräterischen Spur zu erleichtern, hatte ich sie im Slip die Strafposition einnehmen lassen. Nun wusste ich, dass sie die Hiebe tatsächlich genoss. Mehr brauchte ich nicht zu wissen.

Ich verabreichte ihr in der zweiten Runde ziemlich viele Hiebe, wobei ich sie fortwährend wegen ihres Verhaltens ausschimpfte.

„Ja, ich war ungehorsam", stöhnte sie, „ich hab die Schläge verdient, bestraf mich, bitte, bitte, bestraf mich!"

Die Schmerzen ließen sie nun unanständig mit dem Po wackeln, während sie den Kopf hin und her warf, so dass ihre lange schwarze Mähne nur so durch die Gegend flog. Auf ihrer dünnen Bluse zeigten sich bald Schweißflecken, und je mehr sie schwitzte, desto deutlicher war zu erkennen, dass sie keinen BH trug.

Sie wollte Hiebe, und sie bekam sie in dieser zweiten Runde in sehr großer Zahl. Schließlich ließ ich den Gürtel aber doch ruhen. Langsam fuhr meine Hand über ihre Pobacken, und hin und wieder kniff ich hinein. Das löste bei ihr jedes Mal ein Schluchzen aus. Schließlich verweilte meine Hand längere Zeit auf ihrem Geschlecht, und ich spürte deutlich die ihm entströmenden Fluten. Längst war der ganze Raum vom Duft ihres Mösensaftes erfüllt, was seine Wirkung auf meinen Liebesspeer nicht verfehlte. Aber noch war es nicht soweit, noch hatte das kleine Luder für sein Spiel mit mir nicht genug gebüßt.

„Fertig für die nächste Runde?"

Ein Schniefen ertönte. Das sollte wohl Ja heißen.

„Zieh deinen Slip aus."

Sie stand etwas staksig auf und tat, was ich angeordnet hatte. Da nun kein Wäschestück zum Auffangen ihres unaufhörlich fließenden Mösensaftes ihren Unterleib bedeckte, presste sie ihre Beine eng aneinander, damit der Saft nicht auf den Teppichboden zu ihren Füßen tropfte. Das half aber nicht viel, denn nun lief die zähe Flüssigkeit an ihren Schenkeln hinab.

Als sie mir einen kurzen Blick zuwarf, nickte ich kurz. Sofort nahm sie wieder ihre Strafposition ein.

„Wenn du genug hast, bitte mich für dein Verhalten um Entschuldigung, verstanden?"

„J-ja, Herr!"

Innerlich nickte ich anerkennend, denn so hatte sie mich noch nie genannt.

Nun folgte die dritte Runde, und das war wieder eine lange Abfolge von Hieben, wobei ich zwischen den einzelnen Schlägen immer wieder Pausen machte, damit sich Andrea erholen und damit in den vollen Genuss der Schmerzen kam. Während sie sich wand, schob ich meine Hand zwischen den Hieben immer wieder zwischen ihre Beine und war fassungslos angesichts der Menge an Saft, die sie unablässig produzierte. Ich streichelte sanft ihre Pobacken, und immer wieder ließ ich meine Finger durch ihre Lustspalte gleiten. Sie stöhnte vor Schmerzen und vor Wonne, ihr Winden war teils den Hieben, teils ihrer Lust geschuldet. Soviel Ekstase hatte ich vorher noch nie bei ihr erlebt, die Schläge schienen sie immer heißer und lustvoller zu machen. Ich war gespannt, wie lange sie wohl durchhalten würde. Als sie sich zu beruhigen schien, war es an mir, ihre Lust erneut zu entfachen, und das tat ich dann auch. Wieder und wieder sauste der Gürtel auf ihr nacktes

Gesäß nieder und färbte ihre Haut in ein immer dunkleres Rot.

Hieb auf Hieb klatschte auf ihre nackte Kehrseite, ihr anfängliches Stöhnen wandelte sich endlich in mühsam unterdrückte Schreie, die schließlich immer lauter und spitzer wurden.

Endlich, nach einer gefühlten Ewigkeit, schrie sie: „Entschuldigung! Bitte, bitte, Entschuldigung!"

Sofort hörte ich auf: „Das war noch nicht alles. Ich höre!"

Andrea schniefte, schluchzte und stöhnte, aber es war ihr anzusehen, dass sie nach Luft rang. Schließlich hatte sie sich soweit im Griff, zu murmeln: „Ich bitte für mein Verhalten vielmals um Entschuldigung!"

„Gut."

Langsam zog ich sie hoch und nahm sie in den Arm. Ihr Gesicht war vom Weinen heiß und tränennass. Aber in ihren Augen hatte sie einen leuchtenden Schimmer höchsten Glücks. Ich wollte sie eine ganze Weile im Arm halten, aber sofort bat sie: „Ich bin so geil, so abgrundtief geil, bitte, bitte, fick mich, fick mich schnell und hart!"

Mein Liebesspeer stand ohnehin schon viel zu lange aufrecht in der engen Unterhose. Während ich mich rasch der hinderlichen Stoffhüllen entledigte, legte sich Andrea auf den Rücken und spreizte ihre Beine. Sofort drang ich in sie ein, und bereits nach wenigen Stößen kam es ihr, ihre lauten, spitzen Lustschreie hallten wie zuvor ihr schmerzhaftes Stöhnen durch den Raum.

Noch bevor ich abspritzen konnte, schob sie mich weg, aber nur, um sich gleich darauf auf alle Viere zu begeben und den

Kopf auf die Matratze zu legen. Nun reckte sie mir ihren glühend heißen Hintern einladend entgegen und bettelte um einen Analfick. Das ließ ich mir nicht zweimal sagen, denn immerhin hatte ich mich noch nicht entsamt und daher immer noch ein steifes Glied. Also nahm ich das Angebot sofort an und stieß zu, wieder und wieder. Meine Lenden klatschten auf ihren versohlten Hintern, was ihr leise Schmerzschreie entlockte, die aber sofort von lauten Lustschreien übertönt wurden. Sie kam wieder sehr schnell und explosiv, es war eine gigantische Springflut, die aus ihrer Muschi herausschoss, während ich ihr Poloch überschwemmte.

Nachdem ich mich entladen hatte, zog ich mich aus ihr zurück, aber mein Speer stand immer noch auf halbmast. Zu erleben, wie sich diese Frau hatte kräftig versohlen lassen, hatte mich völlig aufgeheizt. Bevor ich aber etwas unternehmen konnte, hatte Andrea bereits mein gutes Stück, das gerade frisch entladen aus ihrem Po kam, in den Mund gesteckt und bearbeitete ihn gekonnt, während sie mit der freien Hand meinen Juwelensack massierte. Es dauerte nicht lange, und ich entlud mich erneut, diesmal weitestgehend in ihrem Mund, der Rest tropfte auf ihre Bluse.

„Als ich fertig war, lehnte sie sich zurück und lächelte verzückt.

„Das war guuuuut", schnurrte sie wie eine zufriedene Katze.

Die nächsten Minuten lagen wir einfach nur nebeneinander auf dem Bett. Irgendwann erhoben wir uns und gingen unter die Dusche.

Als wir wieder sauber und trocken waren, griff Andrea in eine Schublade und grinste mich an: „Sieh mal, was ich gefunden habe!"

Es war ein schwarzer Faltenminirock!

„Du Biest", schimpfte ich spielerisch und drohte ihr mit dem Zeigefinder, „du hast das Ding die ganze Zeit gehabt, also wolltest du unbedingt den Hintern versohlt bekommen?"

„Ja", gestand sie jetzt etwas schamhaft, „der Povoll von neulich hat mich total geil gemacht, und da habe ich mich daran erinnert, dass ich früher immer total feucht geworden bin und masturbieren musste, wenn Paps mich verhauen hatte. Ich wollte unbedingt wissen, ob es heute noch genauso ist – und dann natürlich nicht masturbieren müssen, sondern ordentlich durchgefickt werden." Ein zögerliches Lächeln zuckte um ihre Mundwinkel: „Und ich habe Erfolg gehabt! Du musst mich unbedingt öfter verhauen!"

„Kein Problem", erwiderte ich, „aber jetzt gehen wir erstmal im Wald spazieren, wie wir es vorgehabt haben. Zwar brauchst du nicht im Slip laufen, weil du ja nun einen Minirock hast, aber als Zusatzstrafe wirst du unter dem Rock kein Höschen tragen! Und oben herum reicht die besamte Bluse."

Züchtig schlug sie die Augen nieder: „Darf ich denn wenigstens Strümpfe und Strapse tragen?"

Wer konnte bei einem solchen Angebot schon ‚Nein' sagen! Ich jedenfalls nicht! Also erlaubte ich es ihr und sie legte weiße Strümpfe und Strapse an. Ihr von den Hieben feuerrot leuchtendes Gesäß wurde von dem Strumpfhalter exzellent eingerahmt und betonte die Züchtigungsspuren auf wunderbare Weise. Wir fuhren in einen der nahen Wälder und machten einen schönen langen Spaziergang, bei dem meine Hand immer wieder unter ihren Rock huschte und die versohlten und noch lange glühenden Hinterbacken streichelte, aber auch immer wieder kniff, was ihr jedes Mal ein Stöhnen entlockte. Ich spürte, wie immer wieder kleine Rinnsale von Mösensaft ihre Schenkel hinab liefen.

Während des Spazierganges traf ich eine Entscheidung, die ich ihr sogleich ins Ohr flüsterte: „Für deine Lüge, keinen Mini gekauft zu haben, werde ich dir nachher mit dem Gürtel die Schenkel peitschen – unter deinen langen Röcken wird im Büro niemand die Striemen sehen."

Meine Hand befand sich bei diesen Worten zwischen ihren Beinen und ich spürte, wie der Strom an Liebessaft zunahm. Also fuhr ich fort: „Und weil du dich mir nicht mit deinem Wunsch nach regelmäßigen Züchtigungen offenbart hast, werde ich dich am nächsten Wochenende wieder bestrafen. Du darfst dir selber dafür den Rohrstock besorgen"

Mit leichtem Entsetzen schaute sie mich an. Ich nickte ernst, und nach einem kurzen Moment begann sie zu strahlen. Sie hatte nun das, was sie sich immer gewünscht, aber worum sie nicht zu bitten gewagt hatte: eine Spankingbeziehung. Und ich wusste, dass auch Frauen, die keine Modelmaße haben, sehr hingebungsvolle und lustbetonte Frauen sind, die manchmal auch das Spanking lieben. Eine wunderbare Erfahrung!

Ebenfalls von I. DIGAS lieferbar:

Es tanzt der Gelbe Onkel

Stöckchenreime und Lehrgedichte für Spankingfreunde,

ISBN 978-3-7347 7254-2

Strenge Frauen und ihre Männer

Spankinggeschichten über dominante Frauen

ISBN 978-3-7519-2154-1

Erziehe mich mit Strenge

Spankinggeschichten über dominante Männer und ihre

Frauen

ISBN 978-3-7519-5906-3

O du Schmerzhafte

Weihnachtliche Spankinggeschichten

ISBN 978-3-7526-2716-9

Faszination Spanking

Essays über Rohrstockspiele

ISBN 978-3-7543-5644-9